巴渝行吟

一山一水皆倾心　一草一木总关情

王明凯　著

西南师范大学出版社
国家一级出版社　全国百佳图书出版单位

图书在版编目（CIP）数据

巴渝行吟 / 王明凯著. — 重庆：西南师范大学出版社，2017.1
ISBN 978-7-5621-8586-4

Ⅰ. ①巴… Ⅱ. ①王… Ⅲ. ①诗集－中国－当代
Ⅳ. ①I227

中国版本图书馆CIP数据核字(2017)第015179号

巴渝行吟
BAYU XING YIN

王明凯　著

责任编辑：吕　杭　李晓瑞
装帧设计：CASTALY　周　娟　刘　玲
出版发行：西南师范大学出版社
　　　　　地址：重庆市北碚区天生路2号
　　　　　邮编：400715
　　　　　网址：http://www.xscbs.com
印　　刷：重庆荟文印务有限公司
开　　本：720mm×1030mm　1/16
印　　张：18.5
字　　数：214千字
版　　次：2017年4月　第1版
印　　次：2017年4月　第1次印刷
书　　号：ISBN 978-7-5621-8586-4
定　　价：58.00 元

序

一草一木总关情

黄济人

舒婷早年写过一首《神女峰》，我以为其间的两句话，是古往今来写给重庆最好的诗作之一。那就是，"与其在悬崖上展览千年，不如在爱人肩头痛哭一晚"。我对舒婷说，你把这块石头写活了。舒婷回答说，可惜我不是重庆人，不然的话，我好想走遍这里的山山水水。舒婷对重庆情有独钟，先后来过七八次，但是这位住在鼓浪屿的诗人，确乎未能完成她的巴渝行吟。

事隔数年，殊不知舒婷的夙愿被我的又一位文友王明凯实现了。这对于我来说，是意外的惊喜；对于重庆来说，是珍贵的礼物。既是礼物，王明凯的思绪是虔诚的，构思是精美的，出于对巴渝大地共同的热爱，我尾随在王明凯身后，聆听着他的边走边唱，一路高歌。

解放碑，无论历史或现实，都是重庆这座城市绕不过去的坐标。因为深沉，因为深刻，因为一言难尽，所以王明凯使用了最简洁的句子，"你站在那里，就是故事家""你站在那里，就是史学家""你站在那里，就是思想家"。我想，有了这三句话，一座丰碑就屹立起来了。因为精彩，因为精准，因为意味深长，所以解放碑就如同这座城市的灯塔，在半岛的绰约中，光亮着历史的长河，照耀着现实的大海。

离开渝中区，王明凯看见了南山上的一棵树，却没有看见山顶上的观景台，他所注目的，是脚下的路。"小时候，我去你那里，是弓着

腰爬上去的""长大了，我去你那里，是簸簸车簸上去的""眼目下，我去你那里，是蒙迪欧开上去的"。因为如此，作为重庆人，他才把豪爽和骄傲写在脸上，"捧一片汪洋星星闪烁，一城灯海在天光中随波荡漾"。回过身来，隔江相望，王明凯看见了江北城，他的住所便在侧旁的高层公寓。"那是一双15层楼的目光，天天看着你茁壮成长。开始，他居高临下，看你破土而出；接着，他举目感慨，看你芝麻开花""现在，你长成伟岸的巨人，他那15层楼的高度，已目不能及，只有想象，搭乘你的吊臂，冉冉上升，穿过辽远的地平线，看见陆家嘴夜色中的灯光……"

巴国城，是九龙坡区近年打造的商业闹市，王明凯去却铅华，在车水马龙中，"拨开了巴国的门闩""……顶着虎纹的符号，鸟纹的符号，手心纹的符号，借虎威腾空一跃，就进了巴国的门槛"。于是乎，"一个寓言结束了，一个预言诞生了"，再回到熙熙攘攘的人群中，"跳的巴渝舞，唱的竹枝词，巴山巴水巴文化，一曲巴歌三千年"。穿过时空隧道，王明凯来到十里钢城，重钢厂已经搬至长寿了，可是他以"搬不走的大渡口"为题，抒发着久违的乡愁，"你生产出的第一根钢轨，铺成了铁骨铮铮的成渝路，你与一代又一代领导人握过手"。步入沙坪坝，王明凯以"滚烫的土地"为题，站在红岩村头放歌，"你说，置身这样的磁场，该不该来一番洗涤，掸掉一身的灰尘，抖落半生的疲惫，让洗了阳光浴的人生，汇入你的旋律，唱响轰轰烈烈的进行曲……"

自然，旋律中既有壮烈，也有温柔，王明凯不会忘记渝北的两路。在这里，他播种爱情，收获花果，"你仍然说不出自己，为什么叫两路，可我已认定，你是我亲亲的人"。在北碚的风光里，王明凯被侠肝义胆的金刀峡震慑得瞠目结舌，"这一座山，是你劈开的吗？这一条缝，是你劈开的吗？惊魂台不言，藏刀洞不言，悬天瀑不言，一线天不言，烟雨妙曼处，有玉人娉婷而出，顺着你的风，拾级而上"。在巴南的天空下，王明凯左顾云篆山，右盼南温泉。前者有所发现，"云篆山，其实就是云转山，转成一座宝塔层峦叠翠"；后者有所感悟，"温汤汩汩，一涌数千年，流旧了多少日头和月光，才刷新今天的诗句和文章"。在綦江的山水间，王明凯睹物思人，怀古幽情油然而生，"一不小心跌进东溪古镇，就跌进了一首，李白的唐诗：丹溪一拱气霏霏，黄桷森森绿相围"。在王明凯眼里，李白没写的还有很多，包括唐皇降旨整治綦河，包括傣族发源地的"南平辽"碑，以及翼王石达开的"东溪决策"，旗幡迢迢，斑驳如蚁。

重庆单列以后，行政区划扩编了今天的渝西大地。这是重庆社会与经济发展的重要阶段，所以王明凯离开主城沿浩浩嘉陵顺江而上，去追逐三江汇流的浪花，黛山秀湖的水色，潼南大佛的灵气，大足石刻的神奇，海棠花开的芬芳，以及爱情天梯的传奇。在这辑诗篇中，依然有好些句子不同凡响，横空出世。写文峰古街，不写前世今生，不写商贾如云，却写"一束如豆的光，从'合川火柴'那枚小巧精致的火花里跳出来，穿过钓鱼山的春风与秋雨，穿过合阳城的岚晖与微尘，穿过'三棵树'那段美丽的传说，站成我面前，流光溢彩的风景"。写茶山竹海，不写茶山险峻，不写竹海浩瀚，却写"那茶山竹海，是爱做的。茶是怀春的女子，竹是多情的男儿，她到竹海串门，他到茶山相亲……茶竹缠绕，山水相依，情意绵绵，永不分离"。

毋庸讳言，重庆腾飞，得助于重庆成为中央直辖市。万州、涪陵、

黔江各地的土地加进来，才构成了今天的 8.2 万平方公里；以上各地的人口加进来，才构成了今天的 3500 万之众，从而成为全中国最大的城市。这是重庆人值得骄傲的，我们有理由为城市的发展载歌载舞，正同王明凯的诗句，让我们"在三峡的浪花上踮起脚尖"。这里的"三峡"二字，重若泰山。我担任过全国人大代表，审议过重庆设立直辖市的议案，深知没有"三峡"便没有直辖，百万移民是重庆的立市之本。王明凯作为厅级干部，他自然是深谙其间缘由的，现在他作为诗人，必然会为"三峡"献一身热血、满腔热忱。他写了一首《神女峰》，"你让我，在一条绵延的河床上，听一个美丽的传说……你让我，在毕恭毕敬的仰望里，阅读挂在悬崖上的华章……你让我，在一枚红叶的燃烧中，掬一捧火红的相思……"

舒婷写活了一块石头，王明凯写活了整个重庆。他出色的构思，恢宏的布局，以及丰富多彩的想象，弥足珍贵的才情，全都出自他对巴渝大地的热爱，正所谓一山一水皆倾心，一草一木总关情，因为如此，才有了这部足以填补诗坛空白的大书，这部可歌可泣的《巴渝行吟》。

2016 年 5 月 28 日

目录

辑一 聆听两江的潮声

辑三 在三峡的浪花上踮起脚尖

辑
一

渝中半岛　摄影／罗大万

聆听两江的潮声

解放碑 摄影/赵云雪

解放碑

最早的户口簿上

你叫精神堡垒

换一件新衣

你叫记功碑　　　　　　　你站在那里，就是史学家

再换一件新衣　　　　　　讲 1949 的手

你叫人民解放纪念碑　　　拉开一幕雄壮的大戏

老百姓删繁就简　　　　　讲 1997 的风

一直叫你：解放碑　　　　吹响华丽转身的进行曲

你站在那里，就是故事家　你站在那里，就是思想家

讲大轰炸的火光下　　　　把一个梦的主题

那件溅血的黑衣　　　　　植入自己葳蕤的情节

讲一面烧饼旗　　　　　　构思一部崭新的作品

变成了裹尸布　　　　　　写在巴渝大地

朝天门

朝天门，开着的门
站在你的门口，我看见
风吹开一本旧书
发黄的圣旨涉江而来
水高起来
墙矮下去
满城的腰向门外鞠躬
满城的眼诚惶诚恐
朝天门啊朝天门，那时
你叫朝天皇台

朝天门，开着的门
站在你的门口，我看见
风树起一叶新帆
这是零公里的起点
号子响起来
节奏响起来
铿锵有力的誓言响起来
一条大河锣鼓喧天
一座大城解缆开船
朝天门啊朝天门，现在
你叫朝天扬帆

洪崖洞

把文化的种子，播上悬崖
崖上便长出风景
长出风情街、美食城、艺人坊
令目光穿山越水
阅读重庆时光

吊脚楼悬在崖上
把醉人的惬意
泡进盖碗茶
步行街悬在崖上
将潮涌的激情
围成热盆景
歌剧院悬在崖上
用竹枝词的曲牌
唱和巴渝风

近处的牛仔与高跟鞋
远方的黑皮肤和蓝眼睛
都把大写的惊喜
刻在脸上
手中快门一闪再闪
齐刷刷，活生生
笑成洪崖滴翠

大礼堂

背靠一座山
面朝一条江
你用新重庆的标志
坐镇山城

朝迎晨曦
你的流光溢彩
放射泱泱大地的威严
晚送夕照
你的熠熠生辉
辉煌中西合璧的骄傲

走进你，就走进了
一座城市的客厅
思绪如站立的平仄
将一阕阕铺满阳光的诗行
徐徐展开

我看见一位老人
端坐于深邃的高处
香烟夹在指间
笑谈一部史诗的硬道理
把你装进中国诗集
神奇如画
谶言如山

李子坝

李花谢了
李子摘了
李树就移走了
你说它的精神高风亮节

高公馆来了
刘湘公馆来了
李根固旧居来了
国民政府军事参议院旧址来了
交通银行学校旧址也来了
相聚在黄桷树撑开的浓荫下
一见如故

应邀而来的老人
从旧时的硝烟
从一城三衙的罅隙
从九开八闭的掌纹
穿越而来

在花开的声音里
在身旁的渔歌中
娓娓而谈
尘封的故事
刷新了烽火硝烟的历史

把他们的故事速记下来吧
把他们的图片复制出来吧
转发给一座又一座城市
链接为今日的记忆
粘贴给明天的子孙

南滨路　摄影／杨文

南滨路

爱上你，是因为一条江

长声吆吆拉一声汽笛

你门楣上的灯笼就红了

红成了一条街、一条路

江水是有光有芒的

照亮了你的小蛮腰

照亮了你的俏模样

你的倩影，比江水还长

你的秋波，比街灯还亮

爱上你，是因为一座城

九开八闭坐了一阵

又鳞次栉比地站起来

我是上空飞行的鸟

在一城三衙的额头临江而栖

每当浓浓的大雾散去

就望得你情不自禁

读一座大城是梁山好汉

认可心佳人你在水一方

爱上你，是因为一张嘴

一个店，就是一桌好菜

一条路，就是一座吃货博物馆

恋一席川味口舌生津

惦一锅鸳鸯翻江倒海

有一个叫两江汇的地方

把一杯巴文化，泡得口齿留香

有朋自远方来，不亦乐乎

都夸舌尖上的中国，你是 NO.1

洋人街

开始，你是新来的客人
胆怯怯自我介绍
My name is（我的名字叫）洋人街
尔后，你是这里的主人
一个"请"字彬彬有礼
Welcome to（欢迎你来）洋人街

那时我感到惊诧不已
洋人街，洋人的街？
一群洋人洋房子？
一街洋话高鼻子？
抑或白人闪着蓝眼睛？
黑人笑出白牙齿？

不看不知道，一看真奇妙

一街的行人摩肩接踵

满目的稀奇热热闹闹

石板路跑着中世纪的马车

沟壑上架起风雨廊桥

《好日子》响在金色大厅

洋歪歪的城堡斜而不倒

法式洋楼卖的德国啤酒

苏格兰小镇磨出台北豆浆

一对恋人咬着肯德基的鸡腿

两个美国佬钻进了"知青食堂"

摄影师的镜头对准屁股厕所

大学生在吼吼街哇哇乱叫……

我的眼神流连忘返

我的表情歆羡连连

我的兴奋忘了身份和年龄

我像孩子般高声惊叫

洋人街，确实确实洋人街

洋人街，非常非常洋人街

一棵树

你说，你是不是一则寓言
一直的一直，端端地站在那里
看两条大河涨水
观一座大城点灯

小时候，我去你那里
是弓着腰爬上去的
一爬坡汗流浃背
把我的头发都打湿了
你就像我的爷爷
伸出巴掌为我扇风
哇，好爽好爽
抚着我的头向脚下张望
哇，好高好高

长大了，我去你那里

是簸簸车簸上去的

一干人运气不好

簸上去天空就起霾了

你就像我的父亲

一脸遗憾地指给我

哪里是城，哪里是江

你说霾散了就好了

看得见城里的灯

看得见船上的光

眼目下，我去你那里

是蒙迪欧开上去的

方向盘握在手中

豪爽和骄傲写在脸上

你就像我的知心人

捧一片汪洋星星闪烁

一城灯海在天光中随波荡漾

我的客人齐声惊呼

哇，比太平山富士山还要漂亮

南山植物园

春雀一叫，樱花就白了
你将空中云霞，白得满庭芬芳
艳阳一照，杜鹃就红了
你将浓烈情怀，红得星火燎原
秋风一吹，桂花就香了
你将五彩缤纷，香得沁人肺腑
雪花一飞，梅花就开了
你将淡定清幽，开得心花怒放

你在园林里举行赛诗会
八千亩辽阔奔走相告
两万双玉臂哗哗鼓掌
一位老诗人来了，他朗诵：
南山啊，你是我的肺叶
一位新诗人来了，他朗诵：
植物园，你是一座城市的花冠
一位叫兰草的女诗人来了
樱花、桃花、海棠花
你是我，亲亲的姐妹

恍惚间，陶渊明也来了
你看他胡须一捋，信手拈来
采菊东篱下，悠然见南山
唐朝的成彦雄踏云而至
你听他喃喃自语，踌躇成章
疑是口中血，滴成枝上花
那个叫王冕的家伙画中题诗
不要人夸好颜色，只留清气满乾坤
苏东坡喝高了枕花而眠
只恐夜深花睡去，故烧高烛照红妆

最后的最后，该我上场
急中生智，我搬来了海子：
我只愿面朝大海，春暖花开
蔷薇园为我鼓掌
山茶园为我鼓掌
兰园、梅园、盆景园都为我鼓掌
于是，维特式的烦恼没有了
花白式的愤懑也没有了
什么块垒都一扫而光
我的心张开翅膀，我的诗放声高唱
植物园呵，你是我心中的春天
想起你，我就面朝大海
走进你，我就春暖花开

家住江北

观音桥

你是不是席慕蓉
那棵开花的树，树干
粗壮而挺拔，树枝
是流线型的掌纹，阔叶下
藏着悄悄的情话
在那不经意的一瞬间
露出害羞的马脚

只需一碗凉面
麻噜噜下完一杯小酒
你一树的花就开了
开成星星点亮的灯
开成喷泉挥洒的凉意，这时
那个心情痒痒的家伙
就是你灯海中
在纤纤碎步里摇着折扇
自由徜徉的鱼

哦，观音桥
我亲亲的美人
在你高耸入云的楼宇间
在你美轮美奂的步行街
在你轻歌曼舞的乐声中
在你如梦如幻的惬意里
我会寻到
这个激情燃烧的夏季
怎样的秘密

观音桥　摄影／侯路

铁山坪

几个弯儿拐上山
香樟树就绿了
杜鹃花就开了
樱桃红着脸
迎接我的到来
是一个暗示吧
风在崖边吹起口哨
汇成我头顶呜呜的涛声

聪明的铁山坪
我知道你在等我
草坪上一杯清茗
那是你沁人心脾的体香

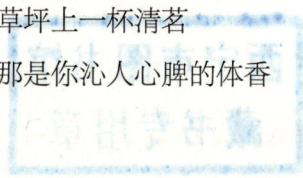

花蝴蝶见我来了
拍拍翅膀让出一把躺椅
粘在粉红的花瓣上
看我是生人还是熟人
两只山雀从灌木丛钻出
卿卿我我说着情话
它们肯定是一对恋人
叽叽喳喳取笑我
听不懂它们的鸟语

香樟不吱声，杜鹃不吱声
贴在花瓣上的花蝴蝶也不吱声
只有风，像个顽皮的孩子
挥着纤纤柳丝
把茶几上的阿克梅派诗选
打开了又合上，合上了再打开
独坐时光的我
抖一身清新，放两行光芒
捧起阿赫玛托娃
一行又一行忧伤的美丽
受了感染的香茗在杯中起舞
酿成可口的诗句

江北城

那是一双 15 层楼的目光

天天看着你茁壮成长

开始，他居高临下

看你破土而出

接着，他举目感慨

看你芝麻开花

那方记忆之城

把你昨天的血脉

刻成了立体的光盘

在他翘首张望的地方

不停地播放

播一遍，他就变矮一寸

再播一遍，你就长高一丈

现在，你长成伟岸的巨人
他那 15 层楼的高度
已目不能及，只有想象
搭乘你的吊臂，冉冉上升
穿过辽远的地平线
看见陆家嘴夜色中的灯光
挂上你 CBD 的树梢
看见第五大道的繁华
在你的罅隙川流不息
看见拉德芳斯的金拇指
雕塑在你的额前
闪闪发光

华岩寺　摄影／郑玉明

华岩寺

觐见你的金身
一个偈语般的故事
雕塑我的惊异
她让那个雨霾笼罩的时辰
天光大开

我仿佛看见
善男信女的仪队
在你的香雾中
顶礼膜拜
他们不都懂轮回
也不为超度而来
燃一炷高香
作一个长揖
求子女上进，和气生财
盼身体康健，一生平安

我也双手合十
捧一腔虔诚
祈祷天人合一的景观
仁者爱人的情怀
和静如止水的境界
在你慈祥的微笑里
云蒸霞蔚，吉祥和谐

巴国城

拨开你九月的雨帘
就拨开了巴国的门闩
一段巴人的史诗
在淅淅沥沥的情歌中
徐徐打开

那个叫"巴"的族群
顶着虎纹的符号
鸟纹的符号
手心纹的符号
借虎威腾空一跃
就进了巴国的门槛
跳的巴渝舞
唱的竹枝词
巴山巴水巴文化
一曲巴歌三千年

一个寓言结束了
一个预言就诞生了
那个随虎威飞升的族群
早已融进一个伟大民族的大花园
举着它根文化的标识
在中国梦多声部的合唱中
舞动哗啦啦的巴渝风

黄桷坪

蓦然驻足
投身你的丛林
我就是刘姥姥
进了五光十色的大观园

只见朋克族的张狂
纽约派的梦幻
蘸一座殿堂的豪情
挥洒立体的国油版雕
那极度的夸张
不羁的线条
和五光十色的斑斓
如蒙太奇的特写
扑面而来

不是798
不是莫干山
你是一座城市的激情
用赤橙黄绿的智慧
把一个叫黄桷坪的名字
涂成艺术街
于是，雅文化的俗化
俗文化的雅化
在同一块庄稼地
携手绽放
五彩缤纷的精彩

走马古镇

三道拐、穿逗房、孙家大院
一串古色古香的葫芦
被石板街串起来
在走马古镇穿场而过

那座惹眼的小庙
注目拾级而上的脚步
将关公的须髯一捋
把青龙偃月般的忠勇
舞得嗖嗖作响

那位叫魏显德的老人
坐成街头的雕像
篾巴扇摇在手中
像翻阅厚厚的记忆
千百则故事从他的典籍里
款款翻开

戏楼下的茶馆

挂着故事家家户户讲

男人讲，女人讲

娃娃也能讲的招牌

原汁原味的龙门阵

早就泡进了盖碗茶

泡酽了茶客们

津津有味的目光

也泡开了我

合不拢嘴的笑声

海兰云天

秋是一只呼哨，诱我
泊进你的港湾
日子虽已金黄
你的山峦
你的柳岸
你站过喜鹊的枝头
仍是满目青黛

又一叶轻舟
荡在我的眼前
只见细碎的涟漪
在你的天空
编织彩图
只闻亲切的絮语
在你的湖底
厮磨呢喃

有香墅女孩

从柳丝下走出

披一肩秀发

站成诱人的风景

扬一泓秋水

比湖水还要湛蓝

大湖便漾起情歌

划过湖光山色

将我一身的劳顿

和半生的疲惫

洗得干干净净

搬不走的大渡口

原先以为，你就是江边一个大渡口
可以渡小船，也可以渡大船
其他的地方，只是中渡口、小渡口
你用漂泊的河水喊号子
两岸风光，站在义渡码头的岩石上
比来来回回的桅杆还高
比一条大河，一路向东的流水还长

后来才知道，你还是一个大地名
有一条大鳄叫"十里钢城"
有一条大道叫"钢花路"
你从烽火连天的硝烟中走来
站成重庆工业的一处大地标
你生产出的第一根钢轨
铺成了铁骨铮铮的成渝路
你与一代又一代领导人握过手
你是一座大城，如火如荼的指标树

现在来见你，你又换了新衣裳
一个又一个新楼盘鳞次栉比
一座又一座新公园闪亮登场
我站在十里钢城的旧址上
看一条彩虹飞架南北，观一座新城浩浩荡荡
得给李雪芮和李云迪发一条微信
请他们回来，见一见久违的乡愁
得给舍小家为大家的重钢打一个电话
问候她在新家那边，一切可好

中华美德公园　摄影／郑玉明

红岩革命纪念馆　由重庆红岩革命历史博物馆提供

红岩村

每一次拾级而上
都是一场洗礼
感觉你一直睁着眼睛
细数我喘息的足迹

页岩上留下的虎头
早先叫红岩嘴的名字
曾让我翻山越岭
在一部发黄的典籍中
寻找史前的侏罗纪

昨天就站在那里

饱满了一座村庄的历史

刘家花园的庄稼

熟在大有农场的土地

八路军办事处的旗帜下

藏着南方局的秘密

那部老掉牙的电台

讲述远在天边的爱情

猛回首近在咫尺

每一间半新半旧的楼房

都能连通心中的延安

每一扇或开或闭的窗户

都能讲一段伟人的故事

就是那首写雪的诗句

也照亮过冰封千里的大地

是一直都没合上的页面

还是重新翻开的日历

我看见，镰刀斧头的旗帜

闪着八一光辉的旗帜

光环围着五星的旗帜

星星托着火炬的旗帜

飘扬在你的广场

把精神握成拳头

举起一颗红心

举起一腔热血

举起铿锵有力的誓言

让掷地有声和坚韧不拔

响彻辽阔大地

你说，置身这样的磁场

该不该来一番洗涤

掸掉一身的灰尘

抖落半生的疲惫

让洗了阳光浴的人生

汇入你的旋律

唱响轰轰烈烈的进行曲

渣滓洞

羞愧地埋着头
虔诚地弓着腰
低矮在深深的山沟里
你一直都在忏悔

前世到底造了什么孽哟
挖个煤矿渣多煤少
可你说，真正的渣滓
是那群闯入院子的强盗

眼睁睁看着五尺男儿
戴上沉重的镣铐
眼睁睁看着风华正茂的生命
被烙得遍体鳞伤
眼睁睁看着锋利的竹签
钉进血淋淋的指尖
眼睁睁看着罪恶的子弹
洞穿烈士的胸膛
你无能为力呀
无力夺下强盗手中的皮鞭
无力夺下刽子手举起的屠刀
只有喷血的仇恨和怒火
在高墙里熊熊燃烧

看着你痛心疾首的模样

我真想拍拍你的肩膀

别再自谴自责了

保存好强盗的罪证

保护好这里的一木一草

也是你灵魂的慰藉

也是你今生的功劳

白公馆

那么优美的环境
那么高贵的身份
香山别墅，你呀你呀
怎么就稀里糊涂
做下那罪不容诛的事情

你怎么让不可逾越的高墙
阻断小萝卜头
渴望自由的眼睛
你怎么让飞着蝴蝶的小院
布满铁丝网的獠牙
落下个活棺材的雅称
你怎么让滴着鲜血的刺刀
刺息无数活鲜鲜的生命
还企图用后山坡的半捧黄土
掩盖杀人的罪行

我的白公馆啊

你不懂，宁为玉碎

不为瓦全的古训

你就白有了，绿树成荫的风景

你就玷污了，香山别墅的美名

一腹苦水也好

满腔委屈也罢

面对墙上那面狱中的红旗

面对院中那棵带血的石榴

面对络绎不绝的目光

投来的一束束严厉拷问

谢罪吧，谢罪吧

然后振作精神

抬起头来，重新做人

磁器口

常常想起，当年的第一次

第一次钻进你的小巷

第一次扑进你的怀里

第一次咬过的那根陈麻花

第一次舍不得嚼完的

半袋椒盐花生米

留在脑际的香

发酵我津津有味的记忆

这一回，又见你

记不清是我的第几次

石板街，仍然光洁如洗

吆喝声，仍然清脆悦耳

小店面，仍然木门大开

水码头，仍然热闹无比

这么多年了，买麻花的长队

一直就那么排着，难道

两袋渴望，还没到手吗

这么多年了，小巷的弦音

一直就那么响着，难道

闭着眼睛的手，还没拉软吗

这么多年了，担担面的炉盆

一直就那么燃着，难道

大雨和小雨，从来都没有淋熄吗

哦，屋檐下的红灯笼，已掸去了灰尘

渔船上的盖碗茶，已新续了开水

街边边的毛血旺，又捅旺了炉火

新开张的火锅店，又响起了鞭炮

石板街呀，我的石板街

磁器口呀，千年磁器口

歌乐山下来的风再硬

也吹不散你

接踵而至的脚步

水码头升起的雾再凉

也打不湿你

如火如荼和生生不息的风情

民国街　摄影／刘绍源

两江影视城

与《一九四二》，相会两江影视城

老陪都在寒风中瑟瑟发抖

你灰蒙蒙的天空如白夜

那一段历史，是黑夜

逃荒路上，饿殍无人收尸

敌人的飞机又甩了炸弹

你的头上还冒着硝烟

防空警报像鬼叫

在我的耳际久久萦绕

我在街上跟国泰戏院说话
你是从解放碑搬来的吗
你把精神堡垒当情人
看着她换了三件新衣裳

我在街上跟馨雅咖啡馆说话
你的原名叫心心咖啡店吧
孔二小姐在大街上耍横
抽了警察局长一个耳光

我在街上跟"新华日报"说话
有没卖完的《新华日报》吗
你案头那发黄的文字里
能不能读出，报童的叫卖声

《一九四二》已经散场
参加开街式的冯小刚和张国立也走了
我要留下来好好拍一组照片
绝不放过旧重庆的每一处风情
绝不放过国母送给斯诺夫人的那件旗袍
以及，照相馆的大花轿与红蒲团
和民国时，媒婆含过的大烟杆
然后去临江茶舍，要一杯盖碗茶
泡一段上流社会和三教九流的旧时光

两路

嫁给你的时候，我是一粒种子

我从家乡的小河边，被风

吹到一个叫观音桥的地方

又从观音桥，吹到你的梦里

在梦里，种子发了芽

在梦里，芽开了花

在梦里，花结了果

我把爱，种进了你的土地

离开你的时候，我是一阵风

一狠心，把自己给吹走了

埋怨你，说不出自己的前世今生

埋怨你，不是一个爱我的好男人

你发誓用腊月孕育一场春雨

指一条宽宽大路为我送行

你说你相信我还会回来

毕竟我们，曾经爱过

再见你的时候，我是一朵云

在你的一望无际飘来飘去

你的土地，不仅长出好庄稼、好收成

还长出鳞次栉比的好心情

在出门的轻轨上，我为你注目

在归来的舷梯上，我向你致敬

你仍然说不出自己，为什么叫两路

可我已认定，你是我亲亲的人

统景

有一只井底之蛙

跳上一叶小舟，进了温塘河

在你的温塘峡、桶井峡、老鹰峡

惊喜得呱呱直叫

哇，峭壁青崖合若桶

两岸翠绿一线天

这是普天下，最美的风景

一个蛙跳，进了感应洞

竹树环绕青若黛

石瀑凝固如飞泉，乘一朵莲花

只闻鸟语花香，滴泉如琴

看见那逃难的太守，奄奄一息

饮了长老的圣水

馁累全消，病痛皆除

知是人有诚心，神有感应

灾难过后重返洞口

修庙宇，塑神像，谢神恩

于是有了"感应洞"

那井底之蛙就醍醐灌顶

双手合十，磕了三个响头

再一个蛙跳，进了温泉城
在你的温暖中其乐融融
泡得四肢，筋骨活络
通体上下，爽爽舒舒
忽见高处光阴滴落
才想起温水与青蛙的故事
害怕你幸福地把他煮了
自嘲自乐，逃出了温柔乡

那井底之蛙，就是我

龙兴古镇

你在老街，为我打糍粑
一条街春得热气腾腾，汗流浃背
惹得接踵而来的脚步
把你的凹凸不平，又磨玉一层
惹得我眼馋的目光垂涎欲滴
在你粑棒的端头，上上下下

你在刘家大院，给我讲故事
讲八百两银子，造就了富贵洋溢
三开门脸喜迎嘉宾
四进院子深深莫测
霄汉鹏程腾九万，锦堂鹤筹顷三千
对联的油漆虽已脱落
"鹤鹿春"的匾额却趾高气扬

你在华夏祠堂，领我看川戏
戏楼修在祠堂的进口
人在楼下进出，戏在楼上扮演
台上的戏人唱念做打
台下的戏迷津津有味
半盘花生米，嚼碎日月光阴
一盏老沱茶，品味天下太平

再见你的时候，你有些懒了
刘家大院的门上，挂着铁锁
华夏祠堂的锣鼓，歇了声息
一条黄狗在枯井边打盹
几粒阳光在树荫下纳凉
打糍粑的老汉吧着叶子烟
他说看热闹往前走吧
那边有条民国街

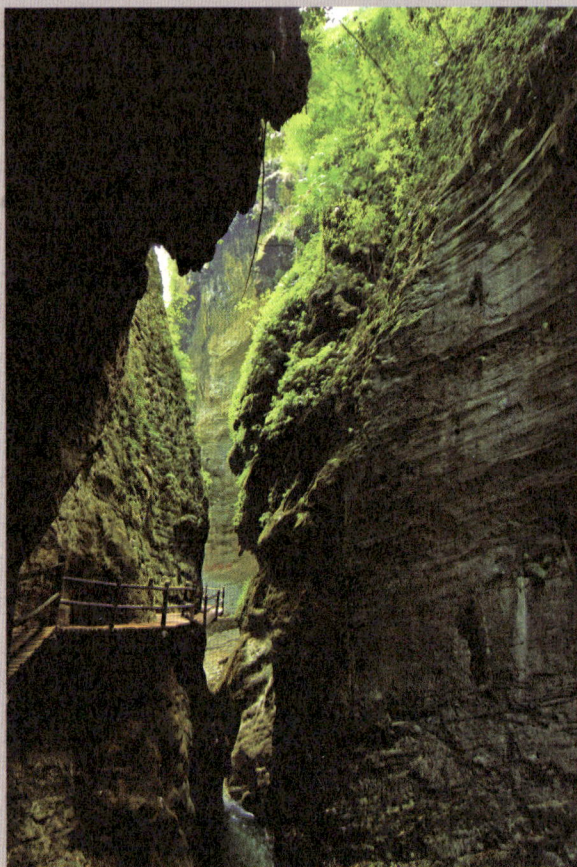

金刀峡 摄影／徐建

金刀峡

来了金刀峡，才知道金刀的故事
你的侠肝义胆，喂壮了风
那位被你赐予金刀的人
安得猛士守四方，成了抗倭将军

嗟叹你的山也雄，峡也险
刀劈斧削一线天
十里栈道挂危岩
仰首古藤千千垂
侧耳鸟鸣声声漫

嗟叹你的洞也幽，水也秀
珍乳奇钟如飞鸟
深潭长滩可行船
举目飞泉层层叠
碧水溅珠湿裙边

哦金刀，这一座山，是你劈开的吗
这一条缝，是你劈开的吗
惊魂台不言，藏刀洞不言
悬天瀑不言，一线天不言
烟雨妙曼处，有玉人娉婷而出
顺着你的风，拾级而上

缙云山

还记得吗，缙云山
情不自禁是我的初恋
我在你的林涛里大呼小叫
我在你的涧水边手舞足蹈
亲亲的缙云山，我来了
来看你的青春风姿绰约
来睹你的芳容风华正茂

在朝日峰，你指我翘首举目看日出
在香炉峰，你教我倒竖香炉吭酒香
在狮子峰，你领我登高临虚夸真武
在夕照峰，你笑我搜肠刮肚赞夕阳
我在你的美丽中呼吸、奔跑
头上云蒸霞蔚，心中爱意缭绕

今天，我又来了

不去莲花峰采莲花

不去海螺洞听螺号

我在石照壁，寻你缙云寺的足迹

我在墓塔林，读你白云观的履历

置身茫茫林海，极目浩浩嘉陵

你的白云将我簇拥

你的红云把我照耀

心景缙云的红花红了，白花白了

金果园的橙子圆了，柠檬黄了

我看见你脚底下的千里辽阔

在赤多白少的蓝天下

谦虚谨慎，郁郁苍苍

北温泉

从沧桑的血管中流出来
从嶙峋的骨缝中流出来
拥一方幽翠依山傍水
端一盆琼浆碧水涟涟
一听你的名字我就冬暖夏凉
哦，我心心念念的北温泉

多少次梦寐，多少次叨念
去你纯净的温润里
无忧无虑地盛开
去你柔软的血液里
自由自在地徜徉
去你婆娑的倒影里
玉树临风地飞扬

多盼望梦想成真啊

泡在水中，我会成你的水

那些曾经吹过的风

那些曾经淋过的雨

都在你的奔涌里，展翅奔涌

游在水中，我会成你的鱼

那些曾经走过的路

那些曾经跨过的桥

都在你的洋溢里，热情洋溢

站在水中，我会成你的树

那些曾经握过的手

那些曾经流过的泪

都在你的安详里，光亮安详

巴文化电影公司　摄影／隆刚政

巴文化公园

踏进你山峦上的门槛
是丹桂飘香的八月
我沿着你的石梯攀缘而上
仿佛走进寻觅一生的神识

我看见我的远祖
手执盾之坚硬、戈之锐利
头顶着虎纹的符号穿越而来
长阳而夷城，夷城而巴枳
所向披靡，进了江州城
在渝水仰头的半坡上安营扎寨
举一面旗帜，叫作"巴国"

我看见我的先民勇敢而智慧

冲锋陷阵，跳的巴渝舞

吟风咏物，唱的竹枝词

巴将军刎头护国，舍生取义

彭知府率众筑城，九开八闭

一座精神堡垒，铸就了英雄之城

那片曾经一府三衙的废墟上

有一座衙门，叫作"巴县"

我还看见，我的根从巴山上长出来

我的泪从巴水里流出去

历经千难万险，越过万水千山

从巴国到巴县，从巴县到巴南

一巴巴了三千年，还在一直巴下去

我祭起一腔热血向"巴"致敬

记住了这片崭新的根据地

它最新的名字，叫作"巴南"

云篆山

云篆山，其实就是云转山
转成一座宝塔层峦叠翠
远看，睡佛望月
近观，一柱擎天
多情的云彩，与你难舍难分
它在你额头篆下吻痕
口一松，盛开一朵大写的"云"字

你的姿色，醉倒了多少英雄男儿
你的美丽，饱满过多少秀才诗文
二郎神围着你转云转雾
一脚踩出罗汉井，一脚踩出龙泉井
甘泉清冽，滋润了禾田与乡亲
刘伯温围着你转山转水
"天下大乱，此地无忧
天下大旱，此地得半"
你在葱茏的辽阔中鲜活满目、云篆风清

缱绻缠绵中，也有我的痴情
与松风唱和，是在白云生处
与飞泉嬉戏，是在小桥流水
听云篆寺敲响古刹的钟声
望九堡十三湾，漾起波光粼粼
在知青山庄嗨一碗泉水豆花
把一锅"忠字舞"，跳得河翻水涨

南温泉

有建文峰拔地而起，高接云霞

有花溪河流水潺潺，由东渐西

喷一泓温泉你清池照影

举两行绿柳你秀竹临风

你隐居于一座大城之南，故名南温泉

温汤汩汩，一涌数百年

流旧了多少日头和月光

才刷新今天的诗句与文章

有一位周秀才，奔走呼号

把温水塘变成了南泉浴室

民国林主席欣然题字

命名了你的雅称：南泉十二景

你给数不清的伟人洗过纤尘

也给黎民百姓，带来笑语欢声

南泉寺的雾霭中，有游客漫步

倒映水色的长堤下，有丽人泛舟

我却凭栏听泉楼，览虎啸风光

凝目避机洞，辨一幅褪了色的伟人照

侧耳孔园红墙下，听孔二小姐的传奇

再纵身一跃，把灵魂置于南塘温泳

洗却城市铅华和半生劳顿

把你的自然音容与人文笑貌

鳞次栉比，一一刻在心中

东溪古镇　摄影 / 王明凯

东溪古镇

一不小心跌进东溪古镇

就跌进了一首，李白的唐诗

丹溪一拱气霏霏，黄桷森森绿相围

李白这家伙，斗酒诗百篇

不斗酒，也能诗百篇

连古夜郎国这爿流浪地

也成了他，字飞词舞的桃花源

三月是马良手中的神笔

轻轻一抹，两岸的山就绿了

调皮的东溪河半歪着头

在山谷里活蹦乱跳

5000 棵黄桷树撑开巨伞

氤氲这千年古镇

在桃红李白中起承转合

一篇山水文章，形散而神不散

龙华寺在那里站着

唱不歇悬崖古刹威严的歌

古街古巷在那里站着

数不清石板路留下的脚印

盐马古道和客栈在那里站着

讲不完盐贩子宽衣解带的风流艳事

太平桥的石狮子在那里站着

报不穷水码头，旗幡迢迢，斑驳如蚁

李白没写的还很多

包括皇帝降旨整治綦河

包括僰族发源地的那块"南平辽"碑

包括翼王石达开的"东溪决策"

包括麻乡邮局，那锈迹斑斑的老邮箱

甚至还包括，后来发生的抗战故事

以及一段新时光，怀揣激情

献给古镇，朝气蓬勃的浪漫情诗

古剑山

仲春时节，我们一见如故
你说，呵呵，我知道你会来的
繁文缛节就免了吧
你沿着剑柄爬上去，就能直抵云霄

就这样，我与剑影相叠
攀着你的云梯，扶摇直上
借石径小憩，给双腿加油
扯白云揩汗，为自己点赞
一鼓作气，把级级石阶踩在脚下
抚平了气喘吁吁
一身的疲惫就云散烟消

我知道你叫古剑山，又名鸡公嘴
现在，我正站在鸡公的嘴上
站在你阳桥的舍身崖上
像一只雄鸡挺立崖头，傲视苍穹
学你，用孜孜不倦的啼鸣
唤醒白云生处，那枚鲜红的太阳

会当凌绝顶，一览众山小
此时此刻，寓意已展开翅膀
雄鹰在头顶翱翔，白云在身边缭绕
山下，车辆如蚁，房舍似盖
远方，山峦如丘，莽莽苍苍
任凉风，迎面劲吹
让雄心，辽阔万丈

红光万道的时候
林立的庙宇金碧辉煌
东岳殿庄严肃穆，气宇轩昂
净音寺香火缭绕，梵音高唱
思想在高处呼吸盘旋
备感空气滋润，万物空明
袅袅福音中，昔在今在，无所不在
暖暖阳光下，爱在情在，菩提盛开

丁山湖

花果岛静坐在湖心
头戴茂林修竹，肩披百鸟啁啾
把腿伸进凉凉爽爽的水中
让鱼儿成群结队，啄痒你的脚趾

一叶轻舟，飘荡在湖面
头顶蓝天白云，脚踏湖光山色
任一汪悠悠琼汤映出倒影
惹得那只下山的石龟
急匆匆抬头观看，它也想跃入湖中
痛痛快快来一次裸游，洗个凉水浴

苍松翠柏立于湖岸
举着杜鹃花招手致意
花丛中藏着红墙黄瓦的金山寺
藏着观音娘娘的大慈大悲
藏着古夜郎国，谁也解不开的大秘密

我在一座拱桥边隔洞观景
看见白鹤如银鹰展翅
看见山影在湖底跳天鹅舞
看见农家小楼，闪烁在镜头中
我怀疑自己，是不是走进了陶渊明
另一阕，其华灼灼的风景

黑山谷 摄影 / 周明

黑山谷

黑山谷，你是水做的吗

脚步如小溪一样轻盈

歌声如山泉一样婉转

双眸如露珠一样晶莹

你用女人的千般妩媚和万般柔情

心旌摇荡地淹没我，淹没他

淹没每一个，走进你的男人

你的谷是翠谷，一年四季郁郁葱葱

每一棵树，都披着深色的绿衣

每一尾竹，都低垂鲜亮的思念

你的水是碧水，常年累月经流不息

掬一捧深潭的清冽就口舌生津

把心和肺，能甜得轻轻呻吟

你的瀑是秀瀑，它秀成美女的细腰

在悬崖上飞花溅玉，翩翩起舞

看醉了一拨拨，手搭凉棚的痴情

我在你水做的峡谷穿越时空

心情像空山，严肃而宁静

我一只手抚摸重庆的巉岩

一只手攀缘贵州的峭壁

怎么也寻不着古夜郎夏官的典故

寻不着夜郎王，留在石壁上的掌纹

只有你一挂千丈的柔情

弹起风情万种的琴弦

在大娄山的上空，刮起凉悠悠的风

青年镇

你的传奇与厚重

被一壶滴翠剑名，泡成佳话

荣懿寨被风吹走了

城隍庙和官山渺无踪影

在一部褪了色的史书中

能翻开"青羊石"的故事

记录着从"青羊石"到"青羊市"

一座旱码头的密码和繁荣

是因为十位青年的凛然义举

才有了"青年"，这朝气蓬勃的称谓

一段光荣史，一坡大寨田

一排革命房，一条巨幅标语

和一位土生土长的大人物

成为一个时代骄傲而辛酸的馈赠

如今，你的堡堂精神还在

你三公里长的巨幅标语记忆还在

那位大人物，被挂在墙上了

他曾经，是我的县委书记

飞龙塔在垭口上讲故事

苗哥苗妹在苗湾里吹芦笙

我沿着茶山蜿蜒的方向

丈量板辽湖的宽阔与宁静

看见你如火如荼的光荣与梦想

高唱着"青年，青年"的进行曲

在一片青山绿水中，冉冉升起

龙鳞石海

你在奥陶纪，坚强地生长发育
用五亿年的时光酝酿爱情
雄鸡一唱，便天门大开
那时，你是一窝石笋
一番声嘶力竭，就露出细皮嫩肉
那时，你是一只火凤凰
穿越千山万壑，才浴火重生

为什么香炉山，鸟语如禅
为什么芦花湖，碧水如血
为什么千塔林，目光如焰
巨龙飞走了，留下这斑斑鳞片
为了一次伟大的涅槃
那条龙，一定被划得遍体鳞伤

冷飕飕的风，扫过原野
罅缝中涌出的泪，白浪滔天
我在你嶙峋的石柱石芽上
抚摸这粗粝斑驳的皮蜕
那风干了的血，硌痛我的心
我听见它唱过的苗歌了
我看见它飞过的身影了
我触到它突突奔涌的心跳了
我把心，融进你的石魂
祝福它，笑傲苍穹，腾飞万里

爱上金桥

爱上金桥

是因为与一个乐班相见

牵着云的裙摆，寻到大山深处

看见一支锣鼓铿锵的队伍

举着"马风派"的旗幡扬鬃而来

"青山莽"直指苍穹，天空马嘶如血

"得格斗、得格斗"的鼓声，震撼渝南大地

我的思绪一瞬间血脉喷张

在万马齐鸣的高亢中翩翩起舞

爱上金桥

是因为与一只金蝶相见

追着鸽哨的韵脚，寻到金蝶湖畔

便与那只振翅欲飞的金蝴蝶，不期而遇

杨万里已踏着深径走了

留一湖春水碧波涟涟

我沿着石板小路，徜徉在湖的身边

掬一捧涟漪与金蝶说话

看见她在我的热血中笑容可掬，春风拂面

爱上金桥

是因为与一位美人相见

握着风的手，寻到青山湖的荡漾里

就邂逅她凌空起舞，和夺人心魄的容颜

悬在空中的身姿，风情万种

映在湖中的美丽，万种风情

我认这亭亭玉立的瀑水，是前世的情人

愿蒙蒙细雨，化作我今生的热泪

在青山湖的臂弯里，与她两情涓涓，相依相吻

辑
二

渝西花海　摄影／杨常德

花香拂过渝西大地

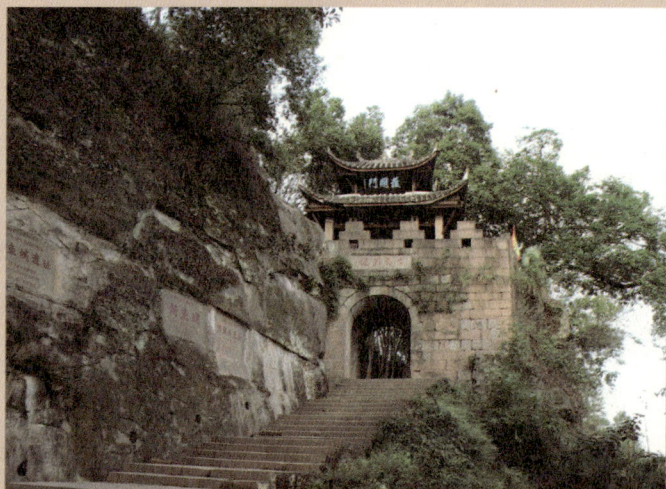

钓鱼城护国门　由钓鱼城古战场遗址博物馆提供

钓鱼城

古时，有神人在此钓鱼，接济苍生
你脚下的这方石台，才叫了钓鱼台
钓鱼台脚下的这座山，才叫了钓鱼山
钓鱼山上筑就的这座城，才叫了钓鱼城

登上城头，就登上了半天
看浩浩的烟波，奔涌而来
700年前的英勇壮烈
在三江汇流处，瑟瑟呜咽
余玠、王坚、张珏、冉氏兄弟……
一长串英雄的名字如雷贯耳
36年的众志成城，十万军民的浴血抗战
让你的英名威震天下，独钓中原

钓鱼山，一座英勇的山

钓鱼城，一座壮丽的城

你就是，上帝折鞭处

你就是，东方麦加城

让那不可一世的蒙哥大汗

在你的弹丸之地威风扫地，命归黄泉

让那横扫欧亚无敌手的铁骑

在你的嘉陵江上折戟沉沙，呜呼哀哉

古战场遗迹尚存，"九口锅"雄伟大观

护国寺香火依旧，忠义祠浓荫华盖

观故垒，草木森森犹照初

睹遗迹，思绪杳杳飞逗躅

遥想当年，假如没有你的浴血之战

世界的历史，该怎样书写

假如没有蒙哥大汗的落马折鞭

一个民族的今天，是怎样的今天

涞滩古镇

那一日，我在你的瓮城停下脚步
不是为了索取通关文牒
而是要在你的寨楼，研读
"一夫当关，万夫莫开"的含义
读着读着，我就是你的城墙
我就是你城墙上，埋伏的土炮
我就是你藏兵洞，呼啸而出的箭戟
在你的诱惑下，演绎"瓮中捉鳖"的故事

那一日，我在你的二佛寺念念有词
额头上写满香火与虔诚
慈悲的二佛呀，保佑我的老父吧
他有根毛细血管，破了
我看见你在慈祥中，向我点头
我听见你的梵音，响彻云霄
于是，我双目微闭，双手合十
奔流不息的血管里，佛光烛照

那一日，我在你的古寨举目四望
历史中传来，得得的马蹄声
一条弯弯曲曲的石板街，串起
鹫岭云深的石坊、民居和学堂
我在"月亮房子"的古风中
吟诵"大月亮，小月亮"的童谣
听见四合院蜿蜒百米的瓦脊
传来月亮里，嗡嗡嗡的回应

文峰古街

一束如豆的光，从"合川火柴"
那枚小巧精致的火花里跳出来
穿过钓鱼山的春风与秋雨
穿过合阳城的岚晖与微尘
穿过"三棵树"那段美丽的传说
站成我面前，流光溢彩的风景

攀缘文峰塔，我与你欲穷千里目
有了你的欲罢不能、扶摇直上
一座小城才文运昌盛，魁星点斗
有了你的水口紧锁、镇妖降魔
一方天下才国泰民安，歌舞升平
我在你的天光中，豁然开朗
你在我的仰望里，步步高升

登临会江楼，我与你气象万千

凌霄阁、濂溪祠、清华楼、岁寒亭

鲜活着千百年的唐风宋雨

涪江、渠江、嘉陵江

奔涌着古合州的前世今生

一声汽笛从江心传来

两艘大船，在涟漪中注目而过

徜徉风情街，我与你彳亍而行

一排排店面张灯结彩

一段段古街杨柳依依

红灯笼在门楣上笑脸迎宾

旗袍裙在秋阳下迎风招展

我拐进一家霓虹闪烁的星巴克

去品尝一段丑小鸭变白天鹅的神话

安居古镇 摄影 / 侯路

安居古城

这"活"着的古城
深沉、厚重，如一本立体的书
书名：安居古城；内容：博大精深
而品相，又这么光鲜亮丽，赏心悦目
一抬头，就看见山
一翘首，就望见水
闭目沉吟，心头就涌起浓烈的乡愁

一本书，写了数千年
唐宋元明清，写在书中
隋开皇八年、宋熙宁七年、明成化十七年
三度置县的历史与荣耀，写在书中
一直写下来又一直写下去的
都是出类拔萃的好文章
操刀者有举人、进士、翰林
更有千千巴国布衣，万万能工巧匠

我在火神庙街、西街和兴隆街
逛老街深巷那一爿曲径通幽
我在禹王宫、万寿宫和城隍庙
品九宫十八庙那一袭古色古香
还在大夫弟和王家大衙门
读名人故居，那"活"着的风雨飘摇

对了，去星辉门留个影吧
与出游的"县令"照张合影照
去湖广会馆听折戏吧
看"碧玉簪"的故事，怎般的曲折凄凉
去水码头的观景台打个望吧
观琼涪两江碧水烟霞，舟来楫往
去波仑寺虔虔诚诚许个愿吧
心中静如止水，自有佛光普照

巴川城

从"铜梁文化"的浸润中走来
从古代巴国的足音中走来
小河弯弯，弯出个硕大的"巴"字
一条弯弯的河，便叫了巴川河
一座葳蕤的城，便叫了巴川城

一巴巴出条"铜梁龙"
舞出铜梁风采和铜梁套路
舞出中国品格和中国气派
舞出"铜梁龙，中国龙、民族龙"
和"中华第一龙"的美称
在天安门广场精彩定格
在海内外的缤纷中惊艳夺目
一代又一代领导人为她热烈鼓掌
全世界高翘着拇指给她点赞

一巴巴出个刘雪庵

想起《飘零的雪花》和《采莲谣》了吧

想起《中国组曲》和《流亡三部曲》了吧

它们都是地地道道的铜梁产品

当《长城谣》的歌声在耳旁响起

当《何日君再来》的旋律回荡苍茫大地

谁不对这片丰腴的土地肃然起敬

一颗乐坛的巨星陨落了

那璀璨的光芒，却闪亮在浩瀚的星空

一巴巴出个邱少云

那个在烈火中永生的英雄

是人民的儿子，是家乡的骄傲

血脉中，永远流淌着铜梁的文化基因

如今他站在凤山之巅

那柄用烈火与碧血淬过的钢枪

正生出龙凤呈祥的羽翼

载一座新城熠熠起飞，蓬勃崛起

巴岳山

这次，我就不上来了
在玄天湖的静谧中，与你相会
玄天湖懂我，把我的形单影只
拥进它热情洋溢的怀抱
然后与你的倒影，叠加在一起
拼成柳枝下，婆娑的风景

月亮笑我痴情，它拨亮灯盏

指引我，看你蜿蜒而卧的睡姿

说那个仙人夜英凡，早就走了

留下这一座座山峰，如活色生香的乳房

任你的目光伸出手指

慢条斯理，一寸一寸地抚摸

说那个叫张三丰的道人，也已经走了

对弈的棋盘还在，照亮的天灯还在

他留在山顶的那盘残局

几千年了，尚未等到对弈的高手

在你古木森森的胸窝里

有一座叫巴岳寺的千年古刹

白日香烟袅袅，梵音高唱

现在它已经歇了。清灯下

摇曳出飞檐翘角的红墙黄瓦

绵延的港湾，有夜莺歌唱

沿着宽阔的湖面，婉转而悠扬

唱着唱着，就听不见了

它一定是看见山脚下

那棵相拥相缠的鸳鸯树了

白天尽忠职守，给巴岳山当门

夜晚才能心无旁骛，专心相爱

美丽的夜莺啊，懂得给有情人一片安宁

潼南大佛寺　摄影／杨常德

潼南大佛寺

点一盏心灯步入你的福地
大地鎏金，可是你朗朗的佛光
漫山遍野的花开，可是你梵音高唱

大佛阁肃穆着释迦牟尼
袒胸端坐高八丈，巍然光耀如金山
你说，他从唐宋的山岭上走来
风雨兼程，换了五件金装
第五次穿金盛典，是刚刚过去的 2010 年

七情台上挂着的 42 级石磴
宛若云端里的 42 根琴弦
你让我用脚步，弹出兴高采烈的音符
你告诉我，最清越洪亮的"七步弹琴"
是她生命里，最动听的乐章

身高百尺的第一"佛"字
头顶蓝天，足踏江岸
用佛法无边的气势，书写天下奇观
伫立于你的丹崖绝壁，不言"人无寸高"
我看见岩下那块作过恶的顽石
也在你的威严里双手合十，立地成佛

潼南大佛啊，我心中的佛
你不仅是用来拜的，也是用来爱的
爱你的博大精深，源远流长
爱你的慈悲为怀，普度众生
心中有"佛"，云路上就铺满吉祥
所有的风，都能唤醒桃花
所有的树，都能盛开为菩提

双江古镇

风，从四百年的沧桑吹过来
你的天空就红了
红了猴溪和浮溪的水
红了宽宽窄窄的长街短巷
红了一座座，古色古香的四合院

你让两进三重的邮政局大院
用高悬门庭的清白家风
养大了一个叫杨闇公的儿子
他从那片茂盛的桑树林走出去
干了件惊天动地的事情
割舌、断手、剜目，算得了什么
人生如马掌铁，磨灭方休
当刽子手的枪口射出罪恶的子弹
打倒帝国主义的吼声，响彻中华大地

水墨丹青的长滩子大院
出生了一位伟人
《杨氏家规十六条》的祖训
陪伴他"耕读传家远，诗书继世长"
那一年，他怀揣革命种子去了重庆
从此南北侄偬，壮怀一生
而今他躺在山清水秀的陵园里
让人缅怀，崇高的云水情怀，和松柏品质
他的音容笑貌，活在我们红红的心中
而我们活在，他亲手开创的事业里

崇龛

崇龛，我是你的粉丝
我曾在你的花海
凝神静气，听花开的声音
如痴如醉，看蜜蜂的舞蹈
招呼辽阔的风，推开乡野的门
在你的广袤里，轻轻呼啸

从你的身边飞走
是要去做其他的事情
就像你的花期，衔完一冬的泥
才迎来一次繁忙
自从有了第一次相见，便旧情难忘

今天，我又来了
为了一个心仪的约定
为了一次久别的重逢
来到你，莺歌燕舞的三月
来到你，时节激活的绽放

扑向你铺天盖地的金黄
我就是你的金黄
走进你宽阔无边的鲜亮
我就是你的鲜亮
追逐你波澜壮阔的奔涌
我就是你的奔涌
感受你浩浩荡荡的张狂
我就是你的张狂

认出来了吧，崇龛
我是你的粉丝
拜倒在陈抟老祖的脚下
在你三万亩油菜花的开放里
激情澎湃，鸟语花香

秀湖　摄影 / 廖学东

秀湖公园

说你是小家碧玉

是因为你长得俏丽

如邻家有女推开闺门

每一朵杜鹃，都开得精致

每一株蝴蝶草，都挂着露珠

每一声鸟鸣，都是你的清纯划过树梢

说你是大家闺秀

是因为你沉稳大气

如世家望族才貌双全

每一弯湖面，都波光粼粼

每一处楼阁，都知书达理

每一段廊道，都盛满你的心怀洋洋洒洒

终于明白，你为什么被誉为黛山

因为每一寸山色都深绿如黛

终于明白，你为什么被称作秀湖

因为每一粒湖光都清秀如洗

我在你的婀娜中流连忘返

脚步轻轻，生怕踩痛你的美丽

我在你的风姿里闲庭信步

让幸福乐山乐水，喜形于色

青龙湖

有风就好了
它能一层一层地吹拂
一寸一寸地吹拂
一缕一缕地吹拂
吹散湖面飘起的薄蔼
让青龙看见我一脸的喜悦

应该把铁围寨请来
讲一段蒙哥大汗的故事
刀光剑影曾在钓鱼城手舞足蹈
走拢铁围寨就偃旗息鼓了
如今它蹲在断裂的堞垛上
泡一壶山海经品夕阳

应该把古老寨请来

让大老虎携着小老虎

专心致志听老和尚诵经

山门外的石佛一个劲开怀大笑

大肚能容天下难容之事

呵呵呵呵，庇佑天下人快乐安康

还应该，把金田寺也请来

让那对石狮子重闪金光

背上的小童吹响螺号

呜呜呜，号角与我们同舟共济

划一叶小舟桨声欸乃

把一圈圈笑容刻在湖上

观音塘

传说，观音寺沉到水底去了
这片水域就叫观音塘
天旱求雨，深潭会响起钟声
聚众戽之，就祈来喜雨倾盆

喜雨，不仅浇绿了庄稼
还洗靓了一座城池的颜值
你冉冉升起一道彩虹
用一河的清冽高高托起
用两岸的绿色高高托起
把招牌挂在额头，取名状元桥

我看见，一行行脚步从桥上走过
悠悠闲闲，踩一路幸福节拍
一丛丛目光从桥上走过
春风满面，发一番由衷赞誉
一对对恋人从桥上走过
你恩我爱，哼一曲缠绵故事

那边，茅莱仙境招了几次手
凉伞云遮的诱惑也一催再催
我伫立桥头就是不忍离去
反复咀嚼着桥廊上的秀才文章
要看看，有没有一位状元款款而来
按图索骥，寻找消失的观音寺
手持传说，去打捞沉入水底的那口钟

竹海　由永川区文化馆提供

茶山竹海

那山，是茶做的

每一座云岭，是茶

每一片山坡，是茶

每一隅阡陌，是茶

甚至每一丫青枝、每一片绿叶，都是茶

每当春晖沐浴了三月

她就用茶魂，染绿心潮澎湃的山岗

照亮，轰轰烈烈的爱情

那海，是竹做的

一沟接一沟，是竹

一片连一片，是竹

一笼簇一笼，是竹

五万亩辽阔手牵着手，全都是竹

每当山坳有微风吹拂

他就情不自禁地唱起山歌

数十里绿海婆娑起舞，玉竹临风

那茶山竹海，是爱做的
茶是怀春的女子，竹是多情的男儿
她到竹海串门，他到茶山相亲
串来串去，你中有我，我中有你
相来相去，茶中有竹，竹中有茶
茶山和竹海后来结成了亲家
茶竹缠绕，山水相依
情意绵绵，永不离分

遇上茶山竹海，就遇上了梦中情人
兜里揣那几粒得意扬扬的文字
一进茶山竹海就傻眼了
在她的博大精深面前
那几粒羞涩的词，深感惭愧
我问茶山，如果我是你的茶
该怎样依偎，像哥哥一样的竹
我问竹海，如果我是你的竹
该怎样呵护，像妹妹一样的茶

神女湖

薄薄的雾，弥漫在湖面
淡淡的香，萦绕着楼阁亭台
我漫步在你的神秘里
耳际掠过，朦胧的鸟鸣
像桃花源中人，恍若隔世
突然走进了，陶渊明的词牌

暖阳一照，那阕词就笑了
一湖波光粼粼的水
放牧在郁郁葱葱的茶山下
阳光，是茶神撒下来的吧
不然，哪来的一抹朝晖，万道祥和
水，是茶山上那把壶，斟满的吧
不然，哪会有茶一般的晶莹，茶一般的香

手持茶花的神女，从仙霭中飘来
朱唇微启，呢喃着轻声细语
双目含秋，凝视着湖光山色
她一定是青瑟颜的化身
要给这美丽山川，镀满幸福吉祥
她那只挎在手肘的竹篮
一定装着，明前的第一篮秀芽
要沏出满湖的茶香，捧给广袤大地

松溉古镇

一条斑驳如昨的石板路
从明清的隧道口穿出
用 5 公里长的转弯抹角
串起一座古镇的千载文脉
在 26 条宽宽窄窄的老街
微笑着，向我招手致意

你把旧时的民居指给我看
吊脚楼晃晃悠悠，摇曳悬空美景
四合院稀开门缝，怒放一笼秀竹
穿斗房左右开弓，串起悬山式的青瓦屋
唯不见，那满街林立的商号与作坊
日有千人拱手，入夜万盏齐明

你把罗家祠堂和陈家大院指给我看
说"罗府祠堂"那块匾额
是当年的皇帝，派八府巡案送的
正殿后面的殿堂里
供奉着罗氏祖宗的神主和牌位
而陈家大院，已有150多岁的高龄
一棵沧海桑田的"家族树"
发出一个枝繁叶茂的大家庭
携《小花》一举成名的那位影星
就是它的第四代子孙

你还把永川古县衙指给我看
衙门口那油光石的圆墩
厅堂里那风化了的地基石板
围墙内那两棵老态龙钟的黄桷树
回响着县太爷惊堂木的威严
和衙役们，威武雄壮的吼堂声
堂下，可能跪着翻墙入室的偷鸡贼
也可能跪着一位，忘恩负义的陈世美

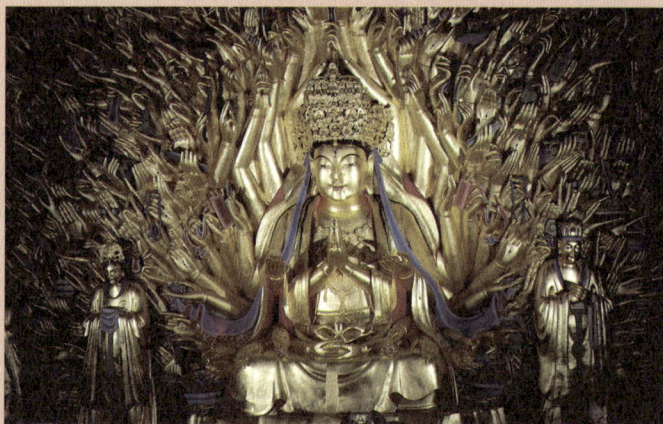

千手观音　摄影／侯路

宝顶山

那个叫赵智凤的大师

5 岁落发为僧，16 岁云游天下

20 岁普施法水，带一群僧人工匠

把龙岗寨追逐神灵的脚步

叮叮当当地移过来

在 U 字形的山弯安营扎寨

敲一曲，跋山涉水的"石刻晚钟"

70 年清贫苦乐，70 年精雕细琢
在大佛湾、小佛湾、黄桷坡、松林坡
在神性十足的广大山和龙头山
让芸芸众生与佛见面
让高山大树与佛见面
让普天之下的善良心灵，与佛见面

看吧，护法神威严仪仪，守护着密宗道场
六道轮回的巨大轮盘，阐释着因果福报
趺坐广大宝楼阁，能使兵杖变成莲花
面对华严三圣，能让有缘人凡心皆息
千手观音，送你千手千眼的美丽祝福
释迦涅槃圣迹图，照亮不生不灭的彼岸人生
父母恩重经变相，塑造感恩戴德的寸草之心
地狱变相，讲述苦口婆心的警世之言……

我看见如来、菩萨和金刚

从唐宋出发，路过元朝和明清

一路通衢，来到我的跟前

又从我的跟前，浩浩荡荡，迤逦升腾

而注满长河的祥光

始终，灌溉着山川与大地

灌溉着，我的生命与灵魂

伟大的宝顶山啊，有你的佛光照耀

苦水，可以当成蜜糖来饮

地狱，可以当成天堂来爱

还有什么，不能把持和放下

请相信，我佛有眼，慈悲为怀

请相信，心中有佛，我即是佛

祈祷吧，一遍又一遍祈祷吧

有三百六十度的阳光普照

　普天之下，人人成佛，万物成佛

北山

你的第一声斧凿之音
在晚唐的屋檐下清脆响起
那昌州刺史韦君靖的祈福之愿
点燃虔诚的神灯
于是，一呼百应的造神运动
在北山的悬崖峭壁，叮当奏响

一个民族的伟大创造，就这样
剃度在浓烈的佛光里
沐浴着唐风，穿行于宋雨
现身了毗沙门天王、地藏王
现身了媚态观音、水月观音、千手观音
现身了释迦牟尼和观无量寿佛经变相……
一座普通的山，便神性十足，佛光普照

我佛慈悲，氤氲着北山

氤氲着大千大足与天下子民

让一切恶魔、小人和奸贼褪去外衣

让佛光与灯火开满鲜花

让谶言在莲台上结出善果

照亮心灵，哺育生命，大爱人间

当一个明媚的时刻来临

你联袂宝顶山、南山、石篆山和石门山

携五万尊石像栩栩如生

在一个更大的平台上翩翩起舞

当全世界的掌声，雷鸣般响起

一个民族的荣耀就华彩四溢，光芒万丈

龙水湖

虽然是冬季

阳光依旧普照大地

天空睁开蓝色的眼睛

雾岚在柳丝间袅袅升腾

两只野鸭，把一湖清冽啄得眉开眼笑

明晃晃一池湖水，似乎有梵音传来

给大地以明媚，给山川以生机

给溪涧以血液，给海棠以花期

给女人以嫁妆，给男人以健朗

不用告诉你，湖边的龙水小城

炉中的铁水，火辣辣的红

龙水刀的生意，火辣辣的红

帅哥靓女的爱情，火辣辣的红

我父老乡亲的日子，火辣辣的红

不用告诉你，湖边的荷塘月色

荷花歇了，有莲藕的香

菊花歇了，有芦苇花的香

海棠花歇了，有邮亭鲫鱼的香

渔歌歇了，有湖堤柳岸，欢声笑语的香

僵手僵脚，有什么关系

不能跃入水中，变成美人鱼

就伫立船头，变成飞鱼

飞出湖光山色，飞出美丽心情

飞出夏天一样的浪漫情怀

飞出秋天一样的歌声嘹亮

搓搓手，呵呵气，春就来了

春来了，就能在含苞待放的期待中

听见盛夏，激情澎湃的脚步声

万灵古镇　摄影／胡晓熙

万灵古镇

那个叫真敖的得道高僧

云游万灵山，发现了六个石孔

断定它们，与脚下的濑溪河相通

命小和尚往洞中注入糠物

河心，果然冒出了他的判断

于是，你便唤作了"六孔"

后来人们"六""路"不分，把你喊成了"路孔"

如今你已更名为"万灵"了

"六孔"的传说，仍然深入人心

晃眼间，你戴着瓜皮帽开门迎宾

日月门桥横古渡，寨耸雄关

恒升门官运亨通，日升月恒

狮子门断壁依旧，斑驳沧桑

太平门天下太平，万物安宁

恍惚中，我穿着长衫子进了大荣寨

尔雅书院，散发你浓郁的翰墨书香

十八梯，见证你 200 年前的"红灯区"

赵氏宗祠，写着皇室后裔的传奇文章

湖广会馆，讲述"湖广填四川"的鲜活故事

我在弯弯古街，探视老城墙那斑痕累累

我在窄窄小巷，张望古榕树那枝繁叶茂

我在幽幽庭院，聆听盖碗茶呷得津津有味

我在深深天井，捧起你捞出的一米阳光

你这时光中蹒跚的老者，步履依然

轻快如风，一闪身就出了烟雨巷

河风轻飏，树影婆娑

濑溪河流成了风摆杨柳

风度翩翩的你，情不自禁

把大荣桥牵手成红颜知己。在濑溪河上

跳一曲从昨夜走来的民族舞

白银滩叮咚弹琴，万灵山哗哗鼓掌

只有那架转不动岁月的大水车

成了你，默不作声的粉丝

昌州故里

海棠花开的时候
你在濑溪河的涟漪里，迎风摇曳
风，从唐朝那边吹来
翻过宋元明清站着鸦雀的枝头
在今日荣昌的明亮里，张灯结彩

绿油油的园林栖满鸟语
洁净如洗的店铺古色古香
有人在张培爵纪念馆与烈士合影
有人在香霏楼手搭凉棚
一盏盏红灯笼，如旗幡高挂
一丝丝柳丛中，洋溢着青春笑脸
蜜蜂的歌声和蝴蝶的舞蹈
被海棠的花期染成朱红

是不是因为，从这里起根发苗

在荣昌的厚土上，种过州府的庄稼

然后到宝顶山下和神女湖畔

还建了昌州的新衙

所以，你们同为海棠香国

而你，你才叫了"昌州故里"

突然听见，你起了一个音

叫声"海棠花儿开，预备——唱"

一领众合，海棠公园响起歌声

岚峰林和古佛山响起歌声

远处，北山和宝顶山响起歌声

神女湖、兴隆湖和凤凰湖响起歌声

谁说海棠无香味，我闻见她的香

从你的歌声中荡漾开去

弥漫了荣昌，弥漫了大足，弥漫了永川

弥漫了海棠盛开的渝西大地

安富小镇

一条油黑的通衢大道

穿过五里长的灰墙和黑瓦

穿过从三百年前，铺过来的时光

昔日的尊贵与荣华

矜持在古驿站的岔口，风韵犹存

马队，隐去了得得得的蹄鸣

抹了粉脂的摩登红，被洗得干干净净

烧酒坊的大土缸，再也吐不出高粱糟子

而铺盖面的香味，仍旧从巷道里

热气腾腾地冒出来

卖夏布的店面，换了新衣服

货架上挂的，是连衣裙和牛仔裤

新媳妇姣好的容颜和隔着短衫的饱满

在你想象的空间里，荡来荡去

重要的，是按一个时代的路引

拐进一家红朗朗的博物馆

直奔一件心仪的陶器

看她那泥做的骨肉

怎样用八百年的跋涉，举一盏灯

抖落一身露水，风干打湿的发梢和衣角

点燃自己脱胎换骨的疼痛

涅槃出，爱情的结晶和生命的意义

让"薄如纸、亮如镜、声如磬"的颜值

如龙纹堆花，如彩虹展翅

出落在和煦的阳光里

如盛开的奇葩，光彩照人，熠熠生辉

望乡台瀑布　摄影／彭伟

望乡台大瀑布

读过多少斜着的山坡
阅过多少横卧的美人
见了你才知道
什么叫站着的水

见了你，才明白
什么是银瀑珠帘，什么是洁白如玉
什么是，舍身忘命敢跳崖
什么是，爱情的银河落九天

见了你，才懂得，为了人间的爱
你才从天上走下来
在赤壁丹霞后，藏一颗坚贞的红心
如亭亭玉立的美人，站在我的面前

见了你，才悟透，可餐可饮的秀色
白白净净的脸
软绵绵的腰，婆婆娑娑的舞姿
袅袅娜娜的媚态
让我忘记了孤独的死
忘记了，百合花填满的芬芳深渊

你这凌空起舞的美人哟

面对你，我的爱意冉冉而生

你这飘逸如仙的美人哟

面对你，我的暖意冉冉而生

你这夺人魂魄的美人哟

面对你，我的敬意冉冉而生

月亮照着我，一寸一寸亮着你

诱惑牵着我，一步一步走近你

一个声音说：别忙

趁着夜色未浓，星辰大好

把脸和手，再认认真真地洗一洗

你说呢，望乡台大瀑布

你这风情万种的美人

我心中站着的水

你这冲不走的美丽和忧伤

我这辈子到下辈子，淌不完的热泪

四面山

四面山，你是个好男人
在我的眺望中，四面挂满惊叹
我总想找到答案，你的爱情
为什么这样巍峨
这样高耸？你的爱情
为什么四季常绿，亘古常青

为什么在十个百个千个男人中
你出类拔萃，人见人爱
为什么你守着望乡台大瀑布
听爱情日夜轰鸣
为什么你守着相思坡
在情歌中难以入眠

为什么你挺拔，你深邃
上下左右四面的风景
引来那么多长辫子表妹
花裙子红颜，和高跟鞋花粉
向你扑来，敞开最美的春天
让你用爱情的笋子，款待她们
让你用爱情的泉水，灌溉她们
我看见那些饱满的大苹果
如同乳房来临
那些爱情的白牙齿，像石榴籽闪亮

矢志不渝守着树，树就同你矢志不渝
矢志不渝守着坡，坡就同你矢志不渝
矢志不渝守着泉，泉就同你矢志不渝
矢志不渝守着风，风就同你矢志不渝

哦，四面山，我亲亲的四面山
我终于找到了答案
你是一个矢志不渝的好男人
天下的女人，见到你的绿，就想绿
天下的女人，见到你的青，就常青

爱情大喇叭

亲爱的，听见了吗
呼唤你的
是我的爱情大喇叭

它要对着大瀑布大声地吼
它要把我们的爱情
吼得震天响
吼得全世界都能听得见

别扭捏了，扭捏是女孩的事情
从女孩的羞涩里，走出来吧
像那卵形的石头旁边，一枝
含苞待放的百合花

别犹豫了，犹豫是昨天的事情
从昨天的矜持里，走出来吧
像那条小红鱼，冲破野蔷薇的香气
奔我而来

别傲慢了，傲慢是忧伤的事情
从忧伤的皱折里，走出来吧
像破茧而出的蝶
一身清新的斑斓

我为你敞开的，是天下第一心
我为你凝目的，是天下第一眼
我为你心痛的，是天下第一痛
我愿把你化为丹霞
浮动在我，想念的山巅巅
我愿把你噙成泪行
悬挂在我，诗歌的腮边边
我愿把你疼成云雨
珍藏在我，痴迷的心尖尖

亲爱的，听见了吗
呼唤你的，是爱情大喇叭
我的心跳，已化为咚咚作响的雷声

大洪海的花

我抚着大洪海的门，你就开了
在微波荡漾的爱中
红红地开放

我想知道，是不是我走拢了
你才开的
是不是知道我要来
你才开的
花瓣是那么鲜丽，露珠是那么饱满
你风生水起地红着
等待我的光临

我望你的时候，你昂着美好的花苞
如同昂着高傲的头
你挺起盛开的花瓣
在高耸的前胸

我知道，你正开花
刚刚裂开害羞的嘴儿，等我来瞧
刚刚打开花香的梦，等我来闻

我知道，你花正开
你守望我的时候
我身上的积雪还未化完
你迎迓我的时候
有一束香迎面扑来

我多想着一袭长袍，把你舞成仙风
我多想抚一柄古琴，把你弹成恋曲
我多想掬一团烈火，把你燃成丹霞

一阵风吹来，你已经盛开
我的爱不再那么的薄
一群鸟飞过，你已经怒放
我的情不再那么的小
上了游船，大洪海的花呀
你还在开着，还在等我
我知道，那是你红红的流连
红红的内心
淡不下来
眸子里，有两只花翅蝴蝶，款款而来

爱情天梯

就因为爱，他才被新娘子摸了嘴巴

新牙上才长出蓬勃的爱情

俏寡妇成了他的"老妈子"

小 10 岁的他，成了她的"小伙子"

牵着手，把所有的流言蜚语一脚踢开

他们的爱，逃到深山老林，开花结果

就因为爱，他才用 50 年的光阴

为她凿一条下山的路

6000 级石头上的台阶呀

是谱在悬崖上的 6000 个音符

是开在绝壁上的 6000 朵百合

是用他的 6000 滴泪水，和 6000 吨汗水

浇出来的——爱情之花

如今，那个叫"小伙子"的刘国江
和那个叫"老妈子"的徐朝清
都已经走了
6000级天梯，却留在了悬崖
一场海枯石烂的热恋
挂在绝壁上，成为千古绝唱

这个正午，我站在高高的天梯上
仿佛看见，徐朝清手扶泥墙
唱着《十七望郎》的心曲
仿佛听见，刘国江挥舞着铁榔头
把云端的石头，敲得叮当作响
多想把他们喊出来
一个牵我左手，一个牵我右手
沿着这圣洁的爱情天梯，拾级而上

辑

三

踮起脚尖
在三峡的浪花上

丰都鬼城　摄影／侯路

丰都鬼城

丰都的风，是个小鬼
勾引我们爬上另一座小小的山城
它说脚下这匹山，就叫名山
山上这座城，就叫鬼城

这个下午，和数百年前一样
梵宇和僧楼鳞次栉比
街的两边绿着苍松翠柏
风在额头梳着茂密的刘海
小鸟在檐梁上啁啾自己的歌
两旁的凶神厉鬼张牙舞爪
挡不住我们，匆匆赶路的行程

有哼哈二将的闷喝在耳

谁会贪婪鬼国那旖旎的风光

我们单步跨过奈何桥

奈何今生的相见，奈何来世的重逢

很好，没见一个人跌入血池

都说鬼门关盘查严苛

十八个恶鬼盯得人毛骨悚然

可能是事先交了"路引"

一行人畅行无阻，顺利过关

"黄泉路"有些凹凸不平

彼岸花为行人铺上了红地毯

再向前就是幽冥之狱了

鬼魂们要去那里接受阎罗王的审判

喝一碗忘川河边的孟婆汤

让三生石记下各自的前世今生

望乡前台，一行人慢下来

把阎王爷的阎罗殿，拍成合影照

在一尘不染的条椅上坐下来

一碗丰都凉粉，吸得呼啦啦地响

都说这鬼城，是个旅游好去处

都说世上本无鬼，为什么，偏偏有鬼城

雪玉洞

北风那个吹，吹不走你的信念
雪花那个飘，飘得你白雪皑皑
飘飞亿万年，静卧亿万年
你终于修成正果
修得大公无私，剔透晶莹
禅坐亿万年的雪玉洞哦
今天，我要和你一起洁白如玉

专家说，你是妙龄少女
脸蛋像桃花一样粉嫩
身材如飞瀑一般苗条
石旗，是你别在头上的发卡
钟乳，是你闪闪发光的眼神
含苞待放的雪玉洞哦
今天，我要和你一起年轻

我看见一窝窝石笋，昂首待哺
我轻抚一尊尊石幔，凌空高悬
那块石做的盾牌，坚硬无朋
那排高扬的鹅管，引吭高歌
数，数不完你的鬼斧神工
望，望不尽你的妩媚动人
博大精深的雪玉洞哦
今天，我要和你一起卧虎藏龙

南天湖

站在杉木搭成的"山野轩"
就进了你绿色的宫殿
云杉如美女，列队欢迎我的到来
仪式庄重，像迎接一位贵宾
那腰身，挺拔而婀娜
那面目，优雅而清新
阳光束束，是她们送给我的秋波
绿浪声声，是她们高唱着的迎宾曲

一片连一片蜿蜒起伏的高山草原
让我阅读五彩斑斓的童话
野花朵朵，在阳光下扬起笑脸
露珠粒粒，向我眨着调皮的小眼睛
而蓝天上的白云，三三两两
跑过来与森林里的雾霭亲切相握
即刻，我成了牛群中的一员
放牧在微风中，用眼睛啃青草

我看见鸬鹚池碧绿如玉
映出冷杉林郁郁葱葱的身影
映出蓝天上，白云如飘动的轻舟
凉风吹来，湖面就泛起涟漪
荡漾的音符，在我心头轻轻地律动

而那片神秘的古南天湖就不同了
一湖的烟波浩渺已悄然隐去
变瘦的湖水在伤心地哭泣。告诉我
那是留在山坳上依依不舍的眷恋
我的心如此的震撼和悲凉
望着四面青山，我无限惋惜
望着湖畔生不逢时的楼盘，我几多感慨

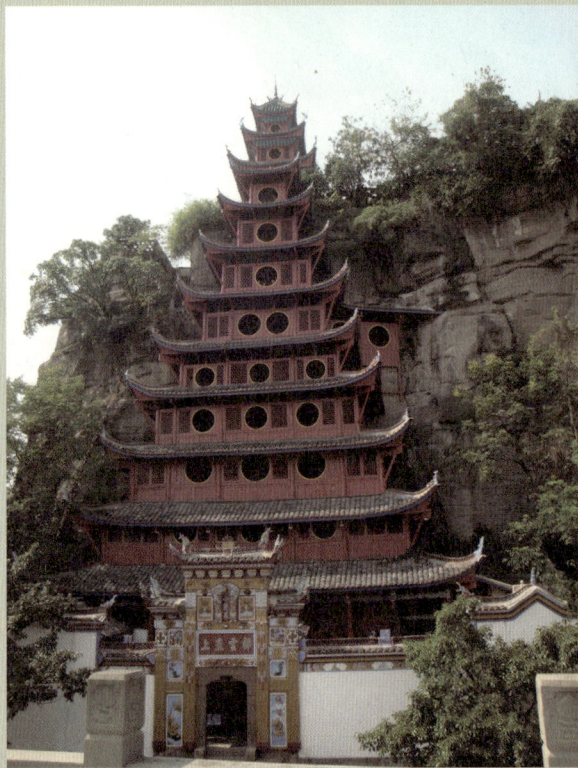

石宝寨　摄影／侯路

石宝寨

一幅画，挂在玉印山上
高过徐徐拔节的江水
高过匆匆赶路的白云
高过一对山鹰，展翅高飞的翅膀
基座，是皇帝老儿的玉印
是女娲补天，遗留下的五彩石
有好汉曾经登高一呼，据此为寨
这匹山，就唤作了"石宝寨"

一条路，搭成一架云梯
扶摇直上，就可以走进画里
走进画里，就走进了山里
走进画里，就走进了寨里
山与画在你的悬崖相映成趣
笔墨丹青，浑然一体
寨与山在你的绝壁心心相连
盘根错节，飞檐走壁

我攀着你的云梯拾级而上
十二级塔楼之奇，层层叠彩
"直方大"意蕴之深，字字沉重
巴蔓子舍生取义，刎头护城
严太守只做断头将军，不做投降将军
秦良玉精忠报国，巾帼不让须眉
于是我双手加额，祭一腔热血衷肠
对你这峭壁孤峰上的奇观
对你这叹为观止的江上明珠
顶礼膜拜，高山仰止

白公祠

多少回手捧《长恨歌》

叹杨贵妃回旋婉转的爱情悲剧

多少回掌灯《琵琶行》

听琵琶女嘈嘈切切的琴弦之声

今天，我终于站在你的面前

白公祠，我用满腔的虔诚，向你致敬

我用奔涌的热血，向你的诗王致敬

"浮云不系名居易，造化无为字乐天"

白公啊，你为什么要做官呢

节省点气力和灯油

多写几部《白氏长庆集》不好吗

或者，要做就做更大的官

为千万个忠州劳民事

为普天下的老百姓谋幸福

1200 年前的父母官啊，我难为你了

遗泽被山川，万民长忆贤刺史

鸿篇印日月，百世同仰大诗人

白公，还记得你传授的京城烤饼吗

它成了今天街头的名小吃

还记得你送给穷人的那双棉鞋吗

它还温暖在小城的佳话里

你种的那些花，缤纷了东山坡

你植的那些树，绿遍了忠州城

今日之忠州，"百果参杂种，千枝次第开"

一座橘城平地起，一州忠义九州魂

中国柑橘城

你的名字好洋气，好霸气
用 English 报出来，叫派森百
用现代汉语报出来，叫中国柑橘城

一粒种子，与一片山水一见钟情
被大洋彼岸的风，轻轻吹来
沾了忠州的仙气和屈子的诗魂
一粒籽，变成了一株苗
一株苗，变成了一棵树
一棵树，衍生出 22 万亩苍翠
在广袤的天空下翩翩起舞
唱一曲，红灯高挂的现代橘颂

万盏红灯，照亮一个美丽的传奇

你用六大技术体系的亲切洗礼

和十五道工序的精心打磨

孵化出爱情的结晶

百分之百的 NFC①

百分之百的原汁原味

一枚橘子，是你亮丽的容颜

一杯橙汁，是你闪光的青春

扎根新立，你用一片爱心

牵手千家万户的辛勤耕耘

共创一部引领潮流的中国精品

走出忠州，你用满腔热情

把心血和智慧，摆上天安门的观礼台

摆进人民大会堂的国宴厅

配送到老百姓的冰柜和餐桌

兑换成，四面八方的笑语欢声

①NFC 即非浓缩性还原汁，是用新鲜原果直接榨出来的原汁。

三峡橘海

你的橘林，种在山坳
山坳就成了绿色的海洋
我荡漾在万亩橘海
就犹如，跌进了一阕《橘颂》
在你的恣肆汪洋中，我是海水一滴
熟透的橘子是万千粉黛
在我的惊艳中，星星点灯
还没张口，就望橘生津，芳香四溢

你的橘林，种在水岸

一条大江，与你相知相恋

有那贫困儿郎，告别娇妻离家拉纤

娇妻每日翘首以盼，呼君归来

谁知命运弄人，薄命儿郎不幸身亡

痴情女悲痛欲绝，投江而去

你的水岸即长出一棵夫妻树

于投江处，连理而生，枝繁叶茂

你的橘林，也种进今天的故事

那位少小离家的老人，百岁返乡

他说他，也是故土长出的一枚橘子

掩上《清江壮歌》和《盗官记》的黄绢

让"子弹"在万民的愉悦中激情飞扬

他用百炼成钢的古朴与苍劲

在你的绿树红橘下，挥毫抒怀

你便有了这鲜香欲滴的名字：三峡橘海

青龙瀑布　摄影／李健

青龙瀑布

今天，我与你一起盛开
腾云驾雾，氤氲高翔
轰声雷鸣，水瀑如练
唱一支神曲飞流直下
千军呼啸挂危岩
万马奔腾落九天

今天，我与你一起盛开
掬一捧甘宁湖的波纹
听折冲将军跃马横刀的故事
抚一缕何其芳故居的柳丝
诵《夜歌》行云流水的诗行
我在你的足迹里跋山涉水
每一处风景都春意盎然

今天，我与你一起盛开
在水帘洞翩翩起舞
在青龙潭激情满怀
你的浪花就是我的舞姿
你的音韵就是我的心弦
学你俯首甘为孺子牛
向每一位访客注目致敬
学你怀揣憧憬永向东
日复一日，汹涌澎湃

太白岩

喝高了诗仙太白
就成了诗人李白
我在太白岩写诗
一枕黄粱月光清冷
分不清唐宋还是今朝

一首诗写在岩上
百尺悬崖长出翅膀
谪仙醉乘金凤去
大醉西岩一局棋
那把落在山头的玉器
煮一壶琼浆叫盛世唐朝
那只歇过仙鸟的枝头
结一串佳话万古流芳

一首诗写在江滨
一片汪洋，淹没了纤夫的脚印
却打不湿两岸的日头和月光
万里长江仍在喊船工号子
一河的大水浩浩荡荡
川流不息的人流和车流
拨一汪琴弦争先恐后
跨江大桥睁大新奇的眼睛
它听见百舸如鱼，哗哗鼓掌

一首诗写在城郭
一方水土施足了养料
情节和细节就拔地而起
长得春意盎然，溢彩流光
三白路吮了巴水之灵气
养出的妹子柔情似水
周家坝沐了巴山之长风
喂壮的男人英武阳刚
每当钟鼓楼敲醒新的黎明
你就闻鸡起舞，引吭高唱

歇凤山

我想说，有时间就好了
你就能向我，敞开神秘和温暖
诱我一遍又一遍，默诵你的名字
在大垭口，抚摸你的风姿
在歇凤岭，亲吻你的体香

我在絮絮叨叨的向往中
瞭望你的蜿蜒起伏
犹如走进你的峰峦与湖池
我在仰慕已久的思念里
倾听你的呢喃细语
犹如听你花开的声音
我看见你凤凰歇过的细腰里
绽放蝴蝶的舞姿和潺潺的蝉鸣

五彩金凤飞走了没关系
神女的侍童遁去了也没关系
半山腰的歇凤古道还在
腋窝里的凤仪禅院还在
就在你的额头沏一壶明前茶
登高临虚，嗅你满目清新
手摇鹅毛，饮你气定神闲

茨竹

听一首诗说，茨竹是张创可贴
我就来了
攀着肠子一样的山路
走进你，藏在深闺中的爱情

你的爱，古典而清新
李花白着，菜花黄着。羞答答的玫瑰
递给我一枝，含苞待放的花蕾
仙狮的眸子里长出佛塔
神鹰的长喙上叼着茶花
茶马古道上，驮队的铃声哑了
就用刻满沧桑的石板路
献出你，翻山越岭的赤诚

有花一样的姑娘，牵一匹白马

驮着我，在蓝天白云下飞奔

路过莲花洞，路过小天坑

路过那口聆听风声雨声的凉水井

和石头上扎根、石头上开花的柏树林

我栖息在月亮湖的倒影里

看一竿鱼竿，钓水中的夕阳

去望江广场，燃一堆篝火

用几行小诗，换如火如荼的歌声

松林里的风很有药效

轻轻一抹，心里的皱褶就平了

伤口的结痂处，居然长出蓬勃的诗行

张飞庙　摄影／梁国华

张飞庙

在移民干部的登记簿里
你是三峡库区最大的移民户
老屋基沉到江底去了
新家安在，这个叫狮子岩的地方
风水很好，背后有坚实的靠山
门前，一河大水浩浩汤汤
户主一觉醒来，就能看见对岸
一座新城，流光溢彩的形象

张桓侯不怒自威
端坐在气宇轩昂的大殿上
密密扎扎的络腮胡刚刚刮过
不提长坂坡那一声大吼
一杆丈八长矛，吓退百万曹兵
也不提那件悲壮憋屈的往事
身埋阆中而头葬云阳
只把"力扶汉鼎"的忠义悬在头顶
当成自己，魂中的座右铭

家里有很多文物

库房盛不下，就刻在碑石和房廊上

包括苏轼的《赤壁赋》

黄庭坚的《幽兰赋》

刻在石壁上的"江上风清"

以及，文、书、刻"三绝"的前后《出师表》

揣一腔虔诚，有人在草庐中敲钟

有人在香炉前磕头作揖，秉烛上香

有人与刘关张一同合影"结义"

有人端着相机，研究你，旁逸斜出的"斜门歪道"

天下龙缸

哇，谁在这崇山峻岭
安一口大石缸
龙王在这里沐过浴
龙女在这里，俘虏了樵夫的爱
如今，缸底的水漏光了
镶半壁古松翠柏，虎踞龙盘
盛一缸奇花异草，迎风招展

站在薄薄的缸沿上

一边是千仞缸壁，一边是万丈深渊

抬头有白云朵朵，袅袅飞渡

低头有紫烟缕缕，冉冉升腾

司马光砸缸的故事款款而来

我问那聪明小儿，用你的绝顶聪明

能不能砸穿，这天下第一缸

回答我的，是自己无声的哑笑

心如云雀展翅，从挂着青果的枝头飞起

放牧为缸里缸外，赏心悦目的快乐

爬上如花瓣盛开的玻璃廊桥

有一种美丽，叫心惊肉跳

无限风光在空中悬着

阳光和鸟鸣，在空中悬着

整个身子，和一颗吃了豹子胆的心

统统在空中，提心吊胆地悬着

是的，再惊再险也得趟过去，屏住呼吸

与悬着的爱，拍一张合影照

跋山涉水而来，玩的，就是心跳

登云梯

我站在顺流而下的船头
眺望头顶的磐石城
看见缥缈的舷梯，从云端挂下来
如巨龙饮水，直入万里长江

一个大写的"人"字
从浩瀚的江水中站起来
嵌在一座新城，挺直的龙脊
一撇，叫青龙梯；一捺，叫飞凤梯
用合力撑起一条通天大道，直上九霄

我满含热泪

抚摸着你的呼吸拾级而上

观一坡花红草绿，如美女的容颜

赏一方山水旖旎，是美丽的诗行

你让高高的龙脊岭塑成卧佛

一座梯城沐浴在佛光里，静谧吉祥

我得沿着你的身体爬上去

在云顶广场，听磐石城的钟声

看它怎样用现代的木杵，敲出南宋的韵味

吟辛寅逊的"新年纳余庆，佳节号长春"

看中国历史上的第一幅楹联

怎样与我的诗句，接骨斗榫

还迟疑什么呢？三月，已举着桃花

在"人"的顶端，向我频频挥手，深情微笑

白帝庙　由奉节县文化馆提供

白帝城

无论如何，公孙述是有功劳的
一枕黄粱破灭了
留下了碧瓦飞甍的白帝庙
留下了那口，冒着白雾的白龙井
不然，哪有后来的重楼叠宇
哪有今天的拾级而上

一座城，就那么沉重地站着
每一段城堞，每一爿檐角
都能讲一阕悲壮的故事
刘秀的大刀血迹未干
又上演了白帝城托孤的悲剧
不管刘玄德怎样语重心长
阿斗是扶不起来的
唯有诸葛亮的赤胆忠心，苍天可鉴

一座城，显得孤单而优雅
昔日咆哮奔腾的长江水
如今静如淑女，与身边的夔门擦肩而过
公孙白帝凿出的那一坡石梯
静悄悄，掩映在苍松翠柏的韵脚里

花花绿绿的草尖和阔叶上
挂满李杜白的诗句
我踩着他们阴阳上去的声调
看江心的白帝城，举一盏阿拉丁神灯
照亮来往的船只和行人
也照亮我，汗流浃背的行程

夔门

洪水远道而来
在瞿塘峡，与你撞了个满怀
在你的惊诧里发一番脾气
由着性子，扬长而去

赤甲山和白盐山站成雄关
并不是为了挡谁的道
哥俩就那样委屈地站着
两扇大门，从来也没有关上
只要长江的涛声不息
再过一万年，它们，也不敢合眼打盹

时光在门上留言
成了刀削斧砍的水纹符号
汗水和脚印在门上留言
成了磨破脚趾的纤夫栈道
文人墨客在门上留言
成了石崖题刻，和朗朗上口的竹枝词

把"朝辞白帝彩云间"收藏起来
把"山桃红花满上头"收藏起来
把"无边落木萧萧下"收藏起来
把"东边日出西边雨"收藏起来
把"夔门天下雄"的题刻，和人民银行
打赏的"十元人民币"，也收藏起来
继续尽职尽责，忠心耿耿
为一条奔腾不息的大河，站岗放哨

天坑地缝

一不小心掉进天坑里
就成了井底之蛙
四周是刀削斧劈的悬崖
头顶是簸箕大的天
"亚洲第一飞人"的摩托车骑走了
"高空王子"走过的钢丝，也不过一根丝线
在井底参禅打坐是一个好想法
想入非非，望见自己是草地上的国王

一不小心拱进地缝中

就成了一条蚯蚓

做一次惊心动魄的生命之旅

有光的地方叫"一线天"

无光的地方叫洞穴

别幻想飞出去，危岩会划折你的翅膀

也别幻想爬出去

可能得用尽你，一生的力量

就在坚硬的内心开一扇窗

守一方宁静，抵御外来的喧嚣

天坑和地缝一脉相承

一条暗河，链接她们的生命

筋骨，是同一匹山的石头

血液，是同一个母亲的热泪

打一条隧道把她们连通起来

两姐妹就能手挽着手，心连着心

此时你跌进天坑地缝

就跌进了两姐妹，比翼双飞的温暖情怀

三沱村

举目一望

你挂在枝头的脐橙就红了

一枝一枝地红

一树一树地红

一坡连着一坡，漫山遍野地红

红成天穹下明灯万盏

在辽阔的墨绿中熠熠生辉

齐刷刷照亮，异口同声的兴奋

远山在树的头上

视线爬上去，能看见苍狗起舞

有白云几朵，手捧屈子的《橘颂》

朗诵"后皇嘉树，橘徕服兮"的诗句

长江在村的脚下

目光瞟出去，能看见恣肆汪洋

记忆伸出掌来，捋着杜诗的胡须

惊叹"一母生万子，八阵飘橙香"的奇迹

这是一场起承转合的壮举

走过春天的山坡，趟过夏天的河流

才有这深秋，橙红莺飞的合唱

吃货与粉丝从远方赶来

把镜头和笑靥举在空中

于绿树丛中，与三千粉黛相拥相依

待满腔喜悦装满了大筐小筐

满载而归的马达，就会轰响油门

巫山神女峰　摄影／吕建中

神女峰

你让我，在一条绵延的河床上

听一个美丽的传说

那位三过家门而不入的男人

在瑶姬姑娘的帮助下

战恶龙，疏河道，治好了峡江的水患

深受感动的姑娘留下来

为航船做灯塔，为樵夫驱虎豹

为农夫和庄稼，施云布雨

久而久之，她站成了临崖而立的石美人

人们亲切地称你——神女峰

你让我，在毕恭毕敬的仰望里

阅读挂在悬崖上的华章

屈原说你是含睇而笑的"山鬼"

宋玉讲你与楚王，朝云暮雨的故事

元稹拜倒在你的石榴裙下

呼喊出"除却巫山不是云"的绝句

而那位，举着《致橡树》走来的女人

看见了金光菊和女贞子的洪流

正煽动着一场新的背叛

规劝你的话意味深长

　"与其在悬崖上展览千年

不如在爱人肩头痛哭一晚"

你让我，在一枚红叶的燃烧中

掬一捧火红的相思

一睁眼，就能看清大地

一抬头，就能仰望天空

一枚黄栌举着它鲜艳的爱情

那是你种下的相思树

一条大河书写它深藏于心的忧伤

那是你流淌的相思泪

摘一枚红叶，贴在胸前

红红的爱，就蓬勃在我的心头

龙骨坡

在一个叫庙宇镇的地方
叩开龙骨坡的大门
我们惊奇地发现
你是一座，200万年前的山寨
两颗门齿，和带齿状的颌骨化石
是我的远祖，留在大地牙龈上的吻痕

我看见我的远祖，在洪荒的山坡
一万年一万年地行走
身体徐徐直立，手脚慢慢分开
用藤条和树叶遮住羞部
提一根木棒，围猎四只脚的野兔和獐子
用锋利的牙齿，咬断狼的喉管
森林中响起，咿咿呀呀，胜利的呼声

我的远祖，死于饥饿与寒冷
或者，与狼群的搏斗
他的骨头和牙齿，就埋在这龙骨坡上
替他活着的，是草，是树，是土地
是钻木取火，和结绳记事的子孙
204万年以后，它发出芽来
那芽，是我的父亲，和我父亲的儿子

巫山红叶

感谢神女，邀我观赏红叶

说她千年的丰姿，守成深红的罗裙

小三峡的眉笔和巫山城的兰蔻

摆上了大昌古镇明媚的阳台

云鬟上的发卡和神女溪的梳篦

挂上了大宁河褐色的石壁

举起长江，那面硕大的镜子

坐成梳妆的姿势

一伸手，拉响了航标柱上的汽笛

于是，枇杷山的目光，光雾山的目光

香山的目光，龟山蛇山的目光

还有近处太平山富士山的目光

远处阿拉斯加山和阿尔卑斯山的目光

喊着号子，齐刷刷奔涌而来

迎面扑来的惊讶，簇簇团团，满崖满山

乘一叶小舟，红在眼前，红在身边

红成我头顶，翻飞的彩练

走进她的裙摆，红在膝间，红在腰间

红成我花中甜蜜的笑靥

变换一种又一种角度

按下我深情的快门

除了红红的山美水美

还有倒映平湖的红底板

半山腰的红苕饭

平湖路飘飘扬扬的紫纱巾

广东路潇潇洒洒的红领带

我把它们，咔嚓为镜头中的记忆

一座神山便珍藏起来

等待着，一个又一个，冬季的温暖

双桂堂　摄影／蒋胜斌

双桂堂

两棵桂花树，对应你的传奇人生
那个叫海明的破山法师
把它从遥远的地方背回来
桂花树在哪里落地生根
你就在哪里安家落户
得了个好听的名字，叫双桂堂

两棵桂花树，在你的香火中情同手足
开黄花的是金桂，开白花的是银桂
每当万竹山金黄了八月
弥勒殿、关圣殿、宏伟壮丽的大雄宝殿……
就迎风飞花，清香四溢

那一年家里失窃，丢了贝叶经
一夜之间，金桂凋零枯萎，含恨而去
成群结队的白鹭，也远飞了他乡
银桂擦干眼泪，化悲痛为力量
一半开白花，一半开黄花
直到另一棵金桂树接上了班
她才如释重负，恢复了青春容颜

如今，金桂和银桂双木成林
在你的花园里比翼齐飞，枝繁叶茂
氤氲着一座佛门圣地
在重楼叠宇中香火缭绕，梵歌高唱

百里竹海

大地有多辽阔

你的情和爱，就有多辽阔

山山岭岭，站成一碧万顷的风景

寿竹楠竹斑竹慈竹白夹竹……

都是你水灵灵的女儿

随便请出哪一位

都貌若天仙，亭亭玉立

竹叶沙沙，是她们悠扬的歌声

竹节摇曳，是她们优美的舞蹈

有蝉，鸣唱于枝头

有兰草和野花，幽香于竹根

能看见一挂飞瀑，飘出观音洞的故事

一首"竹叶片片情，野花朵朵香"的小诗

俘虏了竹香姑娘金子般的爱情

一股又细又小的观音水

消除瘟疫，救了百里乡亲的性命

调皮的阳光，在竹叶间嬉戏

晃出一叶扁舟，从竹海划向心海

七棵古松，化成了"竹林七贤"

你邀请他们，从高高的山梁上走下来

在竹篱茅舍，与我比肩而坐

把全竹宴摆上来，把土酒端出来

把竹姑娘茶姑娘春姑娘，统统请出来

唱一曲，绘声绘色的大合唱

百里竹海百里爱，百里竹海任流连

李子山

三月的暖风轻轻一吹
一山的李花，就争先恐后地白了
一朵一朵地白
一树一树地白
一片连着一片，漫山遍野地白
白成迎风飘扬的雪花
从去年冬天的邮箱寄出来
登录在李子山，春天的树梢

那些城里人，成群结队地来了
他们把惊喜举过头顶
在万亩花海，穿梭成翻飞的蝴蝶
扛三脚架的摄影师来了
他们叫"村姑"，舞动着红纱巾
在长枪短炮的焦距里，像风一样奔跑
诗人们来了，他们让诗歌
在胡豆花豌豆花，睁着的眼睛里怀孕
一行又一行，挂满你雪白的枝头

我在长板凳围成的圆里

听筲箕湾的故事

李子树一样的男人，骑着摩托车走了

留下女人和一条大黄狗

守一坡李子花，像炊烟一样升腾

李子成熟的时候，他会回来

心急火燎，把摇着尾巴的黄狗喊开

在李子树下，吞食女人的犒劳

他要把李子山的馈赠，一筐筐驮出去

换回女人，心满意足的微笑

刘伯承同志纪念馆　摄影 / 陈光炯

刘帅纪念馆

我把你，和那个叫沈家湾的地方

都看成，刘帅的故乡

刘帅告别了门前的浦里河

告别了黄桷树下的石碾盘和石水缸

在那个巴掌大的院子里挽起裤脚

沿着一条小路，去了远方

远方，是"拯民于水火"的战场

从浴血丰都，到泸顺起义

从彝海结盟，到八一风暴

从巍巍太行，到淮海决战

从风雨中山，到金陵兵校

每一寸山河，都记录着戎马仗剑的足迹

每一页史诗，都传诵着功高盖世的华章

如今，他回来了
回到这魂牵梦绕的故乡
夜眠八尺，躺成沈家湾的泥土
倾听着种子出土的声音
临风而立，站成凤凰山的岩石
守护着庄稼拔节的分量
静候春天，从大河的入口处赶来
给脚下的山水，披一层新绿

我在你高高的铜像前
阅读"勉作布尔什维克
必须永远与群众站在一起"的箴言
我在你连廊回环的两进大院
一遍又一遍，呼喊着刘伯承的名字
觉得走出去，又回来了的元帅
一直，在我们中间

汉丰湖

龙王庙和滨湖浴场可以作证

风雨廊桥和城南故津可以作证

不是老天，泼下的水

不是西施，掉下的泪

是你用愚公精神和大禹智慧

筑起一道厚厚的堤

把一条大江的浩浩荡荡，拥揽入怀

就这样，端一盆泱泱琼浆

滋润着水草与湿地

滋润着山岗与禾田

滋润着一湖大水风摆杨柳

滋润着秀美山川桃红李白

一座小城，便在你的荡漾里

身材风姿绰约，笑容明媚光鲜

在你绿草如茵的堤岸

我的目光，安静成垂钓的鱼竿

上钩的记忆隐隐约约

那弯弯曲曲的重量，已沉入湖底

湿漉漉的脚印，去了远方

凉悠悠的风，从湖面吹来

一轮夕阳，便挂在画舫的头顶

把我的思绪和笑盈盈的湖水，映得透亮

雪宝山

顶一下

就能看见你的山高

石开门露出笑脸，金门闩打开玄机

让目光仰望，藏在深闺的惊艳

女人说你是男人，高耸入云

男人说你是女人，气象万千

顶一下

就能看见你的水长

额头上长着灵芝草，乳房上闪着夜明珠

瀑布跳舞，溪涧弹琴

深潭的浪花溅起一脸坏笑

试探着，打湿一朵裙边下的爱情

顶一下

就能看见你绿色的火焰

月亮岩的一轮明月，挂在崖柏

十里坪的花，开得繁星闪烁

想入非非，躺在十万亩草甸的肚皮上

像枕着一个女人，温柔的四月天

顶一下

就能看见你雪白的光芒

空气再冷，也冻不僵车辙

风垭口的风再大，也吹不弯脚跟

让山下的惊叹爬上雪山云海

你的魅力四射，就塑为城市心中的碑

红池坝　摄影 / 郑玉明

红池坝

你一声呼唤，我就来了
翻过一座山又一座山
穿越一河水又一河水
为了一个心仪的约定
走进你，捧在九月的爱情

也许，你一身花衣
是为我而穿的
该红的红着，该黄的黄着
该紫的紫着，该蓝的蓝着
我没有来，你的风姿绰约
就一直不肯褪去

见面的那一刻
说不出是我扑向你
还是你扑向我
轻轻的娇嗔在耳边响起
夏天，夏天咋不来呢
人家一身翠绿，满地花开
一颗娇嫩欲滴的芳心，望眼欲穿

嗨，如此秋高气爽，云海苍茫

不正好吗

花径中与你牵手

花香里与你相吻

捧一盏美酒在月光中对饮

在三色池，那一闪一闪的星光里

阅读黄歇与芈月姑娘的风月

分手的时候

我再次听见你轻声的耳语

雪压枝头你再来吧

那是人家的又一种美丽

胸脯上任你溜冰滑雪

肩胛处任你飞马射箭

困了，就头枕银色的温柔入眠

云端上的梦，洁白而香甜

宁厂古镇

宁厂和古镇

两位隔河相望的老人

把两根铁绳

紧紧地攥在手中

才有老态龙钟的索桥

悬在岁月的头上

让行人的蹒跚和惊叫

踩在大宁河的腰间

嘎吱作响

此岸的老人啊

我问你史书上的名字

为何叫宁厂

问你废墟中的巨手

为何有铁钳般的力量

是不是因为千年的古灶

还在记忆的页码

升腾盐烟

是不是因为万年的咸泉

还在今天的风景里

咕咕冒泡

彼岸的老人啊

我问你风烛残年的意志

为何这样坚强

问你用什么样的钢筋

铆牢了这座吊桥

是不是因为儿子和孙子

都去了远方

你才抬起昏花的老眼

远眺水流的方向

是不是因为远方的汽笛和喇叭

嘟嘟嘟地响了

你才撑起风雨飘摇的日子

守候坚定的盼望

鸡心岭

好个鸡心岭

一脚踏三省

重庆人称盐打油

赶的湖北的场

湖北人砍柴割草

进的陕西的山

陕西人春播秋收

喝的重庆的水

那一高一矮的三角碑

一面写作湖北

一面写作陕西

一面写作重庆

数云岭九派

尽揽楚韵秦风

看日照三关

遥指巴山渝水

站在这里

我就用一览众山小的气势

登临了960万辽阔

站在这里

我就用一腔热血的脉动

触听了13亿颗心的声音

因为这里

是那只雄鸡硕大的心脏

是我的伟大祖国

东西南北的自然国心

宁河街

我是又一只蝴蝶
飞入你的和煦
站在那棵黄桷树的枝头
聆听宁河的涛声

你的百年栈道
已息了悲凉的号子
干了船工的苦泪
你的千丈悬崖
还挂着岩棺的秘密
挂着你的先人
无与伦比的智慧

巫歌还在

巴韵尚存

你把古色古香的音符

和大宁河刚刚飞起的浪花

一同镶进石板街的花纹

吹一声集结号

唱着美声的队伍

唱着民歌的队伍

唱着流行歌曲的队伍

齐刷刷整队出发

沿着大宁河的方向

赵家坝的方向

万众一心和众志成城的方向

跳一段风姿绰约的现代舞

唱一支开发开放的进行曲

我听见，宾作门响起掌声

阜时门响起掌声

宣成门响起掌声

拱辰门响起掌声

情不自禁的我

也摇响黄桷的阔叶

和着大宁河的节奏

按捺不住地响起掌声

鱼泉

李老汉的鱼泉
是从床底下冒出来的
李老汉的鱼
也是从床底下冒出来的

愚公一样的老人
相信了一段偈语
一个神话般的梦呓
让他在床下掘了一口深井
当奥运会的钟声敲响
16米的深井就涌出水来
一同涌出来的
是白花花的鱼群
泉水年年不断
鱼群也年年不断
年年不断的收获
就是李老汉的油盐钱

李老汉的鱼

成了小城餐桌上的佳肴

李老汉的鱼泉

成了小城眉飞色舞的话题

李老汉的土屋

成了游人意外驻足的景点

只用 5 元钱的诚恳

就可喊开李老汉的木门

听老人用木讷的言语

讲一段鱼泉的故事

葛城镇 摄影 / 张昌军

葛城镇

你看这小巧玲珑

你看这妩媚清新

这是大巴山端出的一方盆景

不大不小，恰好盛下一座小城

你比我想象的要老

能刨出盐茶古道的足迹

跫然的马蹄声在道旁渐行渐远

留下这片祥和与安宁

你比我想象的更新

雨后春笋般的楼盘沐浴着清风

在艳阳微岚中梳妆打扮

如芙蓉出水，亭亭玉立

你在盆景中晒日头
该红的叶，在高处红了
该挂的果，在低处挂着
让一河碧水泛起涟漪
流淌两岸青山，流淌欢声笑语
盛满了一座小城，彩色的秋韵
也盛满了我，傻傻的心情

你在小城里讲故事
曾经的革命种子，点燃巴山星火
曾经的浴血奋战，染红半边蓝天
红军的脚步，从血泊中趟过
苏维埃政权的旗帜，汇入漫漫长征
巴山记住了它，把红叶举成红旗
人民记住了它，用信念树起丰碑

中国亢谷

那些姓亢的人家，早就走了
剩下这姓亢的河流，静静地流淌
流出七十里中国亢谷
流出风姿绰约的巴山原乡

亢谷在亢河里低唱
欢快的小鲵在水中嬉戏
无忧无虑的白云，在头顶飞翔
逆水而上，可寻着刀耕火种的源头
顺水行舟，能抵达山重水复的远方

亢河把亢谷一分为二

婀娜的身段，摇曳出满谷风光

野板栗和野核桃虬枝高举

一溜烟儿的梦花蜿蜒开放

叼着秋风的鸟把我们引进竹篱茅舍

指看风干了的老腊肉

在墙上滴着亮晶晶的油

威武雄壮的公鸡顶着红冠

在树上唱脸红筋涨的歌

切菜板肉的大嫂会跳钱棍舞

她说别忙，等会儿把场合扯到院子里

我脱了围腰，给你们跳个热情飞扬

最亢奋的是那满山的红色

把大峡谷铺成辽阔的舞台

与遥远的《红河谷》

演一部隔空的协奏曲

让手捧詹姆斯·希尔顿的朋友

听得见中国亢谷热切的呼唤

看得见大巴山，没有消失的地平线

黄安坝

我来的时候有雾

你把大草原藏起来了

你把挂着露珠的花径藏起来了

你把我住过的那顶蒙古包，也藏起来了

但我知道，薄雾里面

有你宽阔的牧场

有你成群的牛羊

看得见，蓝蓝的天空下

奔跑的马儿在云端撒欢

听得清，浅浅的泉水边

埋头的牛羊在花丛啃草

可任性的你

就是不肯撩开那层面纱

让我手中的镜头，望洋兴叹

住下来吧

森林人家的老腊肉已飘出香味

帐篷边的篝火已熊熊燃烧

跳够了钱棍舞，喝够了苦荞酒

头枕两千米海拔睡个好觉

待南峰上那只石头鸡唱红黎明

再拥你入怀，洗个日光浴

让心情放牧在你的天空

神清气爽，迎风飞扬

辑 四

仙女山　摄影／张晓伙

武陵山的枝头
栖满鸟语

垫江牡丹园　摄影／向小秋

牡丹花

三月，你占山为王

让我揣一腔虔诚，前来觐见

看你红艳艳的身躯

嗅你白生生的香

抚摸你怒放的心情，聆听你

汹涌澎湃的梵唱

爱你的红，绿叶托着花朵

爱你的白，花朵挽着绿叶

开成玉环沐浴

在太平湖国色天香

开成昭君汲泉

在牡丹源仪态万方

开成西施浣纱

在公主岭引吭高唱

你是独唱、齐唱

还是多声部的大合唱呢

一朵一朵，雍容华贵

一坡一坡，赏心悦目

一岭一岭，气势磅礴

幻觉中，有绝代佳人

平平仄仄地款款而来

在花山上翩翩起舞

秋水如春波荡漾

对傻乎乎的我嫣然一笑

该不是花丛中的李令月吧

开一朵遐想其华灼灼

举一阕悬念桃之夭夭

沙坪油菜花

一年一度的莺飞草长
你代表沙坪，代表垫江
代表春风洋溢的 90 万张笑脸
给四方嘉宾、八面来客
献一台绘声绘色的合唱

唱声如风，化我为蝴蝶
与千万只蝴蝶为伴
在风里追逐童年
唱声似水，化我为蜜蜂
与千万只蜜蜂为伍
在水中酿造柔情

你的歌亭亭玉立

你的歌熠熠生辉

你的歌激情万丈

每一个音符都秀色可餐

每一阕歌词都沁人肺腑

每一缕气息都浩浩荡荡

铺天盖地的金黄

无边无际的鲜亮

波澜壮阔的奔涌

轰轰烈烈的猖狂

淹没了我的脚踝，我的腰身

抚吻着我的脸庞，我的心跳

在你的千顷万亩的辽阔里

我听见心中的歌吟

放声高唱，磅礴无疆

乐天花谷

没想到，布谷鸟一声啼鸣
唤出个乐天花谷
一亮相，就一鸣惊人
吸引了东西南北的目光

我知道你是三月的女儿
你的花却开满四季
春天桃红李白，金盏夺目
虞美人站得瑰丽动人
夏天马蹄吐蕊，葵花向阳
薰衣草紫得如梦似幻
秋天孔雀开屏，蛇目眨眼
玫瑰花红得如火如荼
冬天雏菊飘香，蜡梅傲雪
三色草舞得花枝招展

四季花田是见证

七彩花带是见证

乐天教堂是见证

花漾城堡是见证

圣托尼里身边的玫瑰园

薰衣草园、向日葵园

以及，花朵上跳舞的阳光

花枝上啁啾的小鸟

花丛中胸贴胸的热拥

镜头里嘴对嘴的婚纱照

都是见证

所有的花都是爱做的

所有的花都为爱而开

365 天都是花期

赤橙黄绿青蓝紫都是花色

我爱你，是绽放的花语

长寿湖 摄影 / 黄磊

一饮而尽

你来吗？我在长寿湖等你
将一桌烹熟的主题
围得热气腾腾
分行的句读，澎湃的激情
化成情意绵绵的眺望
专等你来，碰得叮当作响

今夜，兴高采烈的浓度
一定让诗歌失眠，让圆桌会议失眠
让我，对你的思念失眠
把一湖大水举在手中
斟进苦恋的杯盏
一杯又一杯，一饮而尽

窗外，一湖大水一望无涯
一片秋色一望无涯
一行远雁一望无涯
我伸长脖子的等待，也一望无涯

你来吗？从大草原那边走过来
从大戈壁那边走过来
从大都市和大海湾那边走过来
从长寿湖那个巨大的"寿"字
睁开的眼睛里，走过来
捧起诗歌和我，给你斟满的爱戴
一饮而尽

听湖

湖，在夜里静着
港湾，在夜里静着
一群诗人和一堆诗稿，在夜里静着
他们和它们，都在花红树绿的安静里
枕水而眠

忽然就有了风
掀动我半开的窗帘，涉水而来
在我目光的枝头窃窃私语
议论那一位扛长炮的摄影师
怎么在镜头中
发现了长寿的"寿"
议论那一位善于拷蓝的诗人
怎么从诗行里
读出了长寿的"长"
是不是光圈和诗，具有神性
它们，早就禅坐于水底和天空
用神话和谶语
把一汪大湖的人生，俯视与仰望

那位扛长炮的摄影师
和他的长炮，睡在我的左边
那位拷蓝的诗人
和他的《拷蓝》，睡在我的右边
他们都是我的朋友
或许，已头枕清风明月，酣然入眠
或许，还在一汪涟漪里静静醒着
睁着眼睛，静静听湖

幸福老人

幸福老人，坐在长寿湖的岛上
像罗中立的《父亲》，在湖湾里微笑

老人是一幅画
幸福在他的竹椅上
竹椅是一幅画
幸福在它的院子上
院子是一幅画
幸福在它的小岛上
小岛是一幅画
幸福在一汪大湖的水中央

幸福老人是个寿星
70 岁了还满头黑发
他的微笑精神抖擞
"不不不，我的父亲才是寿星
89 岁了还满头黑发"

89 岁的老人稀嘴而立
他的微笑也精神抖擞
"不不不，他的爷爷才是寿星
他去世的时候，也是满头黑发
要不是饿死，他已有 110 岁了
他活 120 岁，还是满头黑发"

一行人哈哈大笑，
向老人讨教，长寿和幸福的秘方
他说长寿湖的水养人
长寿湖的鱼养人
长寿湖的风景，嘿嘿，更养人
还有什么养人，呵呵，他就没有说了

长寿古镇

菩提山是有本事的，她用魅力
把云贵川渝都请过来
摇身一变，抖落出一堆风景
一个活灵活现的"长寿古镇"
便应运而生

那些"古"建筑，是菩提种的树
沿着一条张灯结彩的街
沿着两条唱声潺潺的河
种成大牌坊、过街楼、庙会广场
种成三星观、城隍庙、万寿公园……
把"巴文化"和"中华寿文化"
种成福禄寿喜的菩提树

那些"古"桥，是菩提盛开的花

四六二十四道古色古香的虹

翻开四六二十四本，古色古香的书

提一盏红灯笼寻过去

能看见小桥流水里的怀清台和朝天门

能走进菩提山下，唱着竹枝词

和跳着巴渝舞的梦里水乡

复制何妨，粘贴何妨

心灯燃起的早晨，照样山水静好

吴刚举斧的夜晚，照样月白风清

哪怕"嘴在浙江，脸在北京，衣服在山西"

只要志同道合，就是好兄弟、好姐妹

只要赏心悦目，文采飞扬

就是好题材、好文章

武陵山大裂谷　摄影／余炤

武陵山大裂谷

十年前，老天扯拐
他老人家遇到了伤心事
突然之间风雨交加
淋湿了你的容颜
淋熄了我的心情
也淋跑了我，匆匆赶来的脚步

离别时依依不舍
我说石夹沟，我心里有你
选个晴朗的日子再来看你
坚强的你，当时哭成了泪人

亲爱的，现在我来了
来兑现爱你的承诺
想必你出落得更加动人
精心梳妆了十年，就为迎接
今天的风和日丽

我要去你的大峡谷

借如来佛的神掌

捧起沟壑淙淙的清泉

将倒映水中的你，饮进嘴里

我要去你的三叠瀑

一步跨过青天峡

任目光伸进，飞泻千尺的长袍

把冰清玉洁的你，轻轻抚摸

我要去你的碧玉潭

在薄如蝉翼的石峰下

合上情人谷翻开的万卷书

与蜕去羞涩的你，深情相吻

亲爱的石夹沟，你听见了吗

火车的长笛已经吹响

骑两条弯弯的铁轨，我来了

盛一包鼓鼓囊囊的念叨，我来了

816

一个隐藏了 40 年秘密
用 40 颗核弹的当量
在我的眼前，轰然炸响
816 啊，你这惊天动地的奇迹

其貌不扬的馒头山下
有你巨大的躯体
高高耸立的喉管
连接着一座城堡的呼吸
19 个洞口隐于山中
看不出任何人工痕迹
整个厂区有重兵把守
4513 信箱，是神秘的户籍

一个洞就是一座城啊

18 个神秘的洞室，开阔空旷

无数条通道连廊，交错纵横

绵延 20 公里的地下迷宫

有温湿度监视仪、计算机控制中心

和毛骨悚然的核反应堆……

城里，冬暖夏凉，恒温四季

城外，草木葳蕤，山高林密

在抽屉形的竖井里

我坐了一截车，走了几段路

抬着头上了 3 层，又低着头下了 6 层

用感慨丈量你的硕大无比

你却骄傲地说，这只是冰山一角呢

没领你看的，还有综合体验区、延伸体验区

以及神秘莫测的，洞体探奇区

鲜为人知的 816 啊

神圣，是你的代名词

79 米的洞高，是用汗水挖出来的

150 万土石方，是用肩膀挑出去的

山一样沉重的航轨和钢梁

是用智慧和热血焊上去的

墓碑上刻着的名字

是青春和生命，抒写的忠诚

山体中崛起的长龙

是意志和钢筋，挺直的脊梁

如今你歇下来了

换一身便装解甲归田

但你的丰碑，依然挺立

你的精神与豪情，光芒万丈

你用挖掘奇迹的手

为地里的庄稼生产粮食

你的粮食是一路飘红的指标树

在继往开来的进行曲中

举一面旗帜叫建峰

白鹤梁

我是一条岸上的鱼
乘扶梯游到这 40 米深处
在你巨大的水下客厅
观银钩铁画，赏琼篇玉句

你说，展翅的白鹤早就飞走了
驾鹤的真人早就仙去了
留下这石做的稿纸
给文人墨客写题刻文章

"白鹤梁"笔走龙蛇的
是那个叫孙海的天才
手搭凉棚一挥笔
好啊好啊，白鹤绕梁留胜景
把大鲤鱼请上岸的
是那个叫肖星拱的家伙
志得意满再涂鸦
好啊好啊，石鱼出水兆丰年
更有大诗人黄庭坚
醮脚边浪花作墨
在石梁上须髯一捋
好啊好啊，元符庚辰涪翁来

最壮观的题刻是现在

不知是何方道人

把你刻成水下碑林

刻成国家级重点文物

刻成全球唯一的古代水文站

刻成奇迹般的水下博物馆

让全世界的鱼跋涉而来

从岸上游到水中

在你的肚子里头看展览

黎香湖　摄影／周幼红

黎香湖

湖，叫黎香湖
香如秀色可餐的美人
湖光山色是婀娜的身躯
青枝绿叶是秀美的长发
曲折的湖岸，有如飘逸的裙裾
开着花的湖心岛，是挂在胸前的吊坠

楼盘，叫黎香湖
携带教堂、码头和射击场，涉水而来
集合公寓、洋房和庄园别墅，傍水而居
举目，皮划艇乘风破浪
低头，鱼儿在水中遨游
哦，地地道道的瑞士风光
风姿绰约的异国情调

一座矜持的小镇，也叫黎香湖
春风里，他牵着女儿的手
依依不舍，交给一位风度翩翩的男人
他心爱的宝贝就出嫁了
中海集团，是他的上门女婿
他看着爱情，在阳光下开花结果
看着湖湾，长出骄傲的风景
湖、楼盘，和这座渝南小镇
就情不自禁地拥抱在一起
心心相印的目光中，盛满幸福的热泪

金佛山

阳光一如既往，照亮深深的峡谷

风一如既往，吹过高高的山岗

常春藤和银杉林一如既往

披着点缀小花的绿衣

泉水和露珠一如既往

用长歌短调，唱不知疲倦的歌

你就这样，一如既往地驻在我心头

生命与崇高，亘古不变

而此刻，杜鹃花开了

漫山遍野，红成迎风招展的旗帜

点燃我孤单的兴奋

乘一根钢索凌空飞渡

在悬崖，我用目光与你交谈

在树梢，我用飞吻与你握手

目光和飞吻，被你染红

我怦怦的心跳，燃烧为你的火焰

上了牵牛坪，风说话了
它说我来得正是时候
冬天的雪已经化了
春天的花已经开了
而现在，高山铺上了红毯
峡谷褪去了寒衣
风呼啦啦地吹拂，就是呼啦啦的掌声
就是你挥舞红纱巾的崇山峻岭
热情洋溢的欢迎辞

跋涉风吹岭，古佛洞说话了
它用神秘和虔诚，欢迎我的到来
引我钻进七十二道拐
在你数十米高的穹隆下
见过矗立于莲花座上的观音菩萨
骑在大象背上的普贤菩萨
正襟危坐的释迦牟尼
以及，列队于悬道石壁的十八罗汉
折服在你宏伟的虔诚里，叹为观止

踱出你的"佛心宽广"

我看见你那神秘的佛光了

语言，是五公里长的石岩

睡姿仰天，崔嵬而安详

山是一尊大佛，佛是一座大山

在一轮斜阳红朗朗的照耀里

山上的佛，金碧辉煌，霞光万道

心中的佛，寓意深远，幸福吉祥

山王坪

玉帝赴宴，忘了带走金印
神龟拖印奉还，忘了归天之路
托塔天王下界盘查，忘了何为"活口"
错把金印与神塔，化为顽石
这片深山老林，便叫了"三忘坪"

如今，神龟拖着的金印还在
天王留下的神塔尚存
石头仙人，还遥指着崎岖的通天之路
只因三山同音，忘王同韵
这"三忘坪"，已唤作了"山王坪"

出色的是那片生态石林
石峰林立，如一群仙女下凡
秀成情侣峰卿卿我我
秀成葫芦门天然成趣
秀成张嘴的鳄鱼，口吐豪言壮语
秀成贪吃的海豹，满面春风，大快朵颐

要我说，石林也是盛开的花
在 1300 米海拔上婀娜多姿
在 500 亩辽阔里竞相绽放
万亩丛林，是托花的绿叶
白云朵朵，是花开的颜色
每当四野投来歆羡的目光
她就在爽风中翩翩起舞，引吭高唱

天生三硚　摄影／张放

天生三硚

山是硚，硚是山
天生三座硚，硚连三座山
天龙、青龙和黑龙
亲亲三兄弟，高挂入云天

仰望你的高度
我自惭形秽，你这
挂在天上的龙
是大地长出的擎天柱
你是真正的男人啊
挺直让人惊叹的雄性与阳刚
刀削斧劈立千仞
顶天立地悬万丈

凝目你的深度
我头晕目眩，你这
长了翅膀的龙
是深潭飞起的黑旋风
你是真正的行者啊
挣脱咔咔作响的断裂与沉重
鱼跃龙门冲天起
雄鹰展翅任翱翔

穿行你的厚度
我茅塞顿开，你这
穿越地心的龙
是逢山开路的拓荒牛
你是真正的强者啊
举起埋头向前的犄角和力量
山重水复疑无路
柳暗花明又一村

仙女山

躺在你的怀里

我是全部打开的自己

牛羊在云中徜徉，那就是我

颈子上系着铃铛

在你肥沃的肚皮上啃青草

躺在你的怀里

我是全部打开的自己

马儿在蓝天嬉戏，那就是我

用快乐抖着鬃毛

在你辽阔的胸脯上打响鼻

躺在你的怀里

我是全部打开的自己

鸟儿在花丛啁啾，那就是我

用嘴壳叼起文字

在你闪烁的秋波里捉迷藏

哦，仙女山，我亲亲的仙女山
你把爱揉成微风
用天际飘来的这张手绢
用仙女轻摇的这把团扇
把我一身的臭汗和一脸的愁云
擦得干干净净
除了爱你，我别无他求
就想把打开的自己
一直牧在你爽爽的大草原
躺满人生的四季

芙蓉洞

你花 5 亿年的青春
筹办这场盛宴
再雇 6 条汉子的力气
拉开宴会的门闩

于是，山上的客人请下来
山下的客人请上来
山里的客人请出来
山外的客人请进来
邀约走进你的厅堂
品尝这生命制成的饕餮大餐

摄影师说，你最出色的菜品
是这道"巨幕飞瀑"
垂如绒帘，匀如柳丝
飞花溅玉三千尺
恰是银河落九天
我点赞他的镜头，是的，是的
恰是银河落九天

诗人说，你最有味的菜品
是这道"珊瑚瑶池"
珊瑚团团，晶花朵朵
朝如金丝暮如霞
一潭清冽美人浴
我点赞他的诗句，是的，是的
一潭清冽美人浴

画家说，你最绝妙的菜品
是这道"生命之源"
雄姿英发，生机勃勃
没有它的高举
哪有这风情万种的璀璨人间
我点赞他的画笔，是的，是的
风情万种，璀璨人间

你笑了笑，艺术这东西呀
仁者见仁，智者见智
你看那海底龙宫、擎天玉柱
万箭齐鸣、水滴石穿……
哪样不是美味佳肴
萝卜白菜，各有所爱
我们同声点赞，是的，是的
萝卜白菜，各有所爱

大佛岩

我看见你的佛像了
额头是石头做的
眼睛是石头做的
鼻子是石头做的
嘴唇是石头做的
天庭饱满，地阁方圆
颌悬绝壁，头杵蓝天
由此，一座山才有了神性
由此，一匹岩，才叫了大佛岩

仿佛，我看见你的佛光了
它氤氲着大佛岩
氤氲着赵云山
氤氲着穆杨沟
氤氲着焦王寨
照亮了崖上的莲花宝座
点燃了山岭的阔柄杜鹃
从此，一方山水便风和日丽
一个童话，就谶如预言

仿佛，我听见你的佛音了
拂过面颊，拂过耳际
让我内心的忧郁阳光灿烂
我不合十，我不叩首
我不秉烛，我不上香
我只按动手中的快门立此存照
作一首小诗与你心心相连
祈愿所有的日子都吉祥如意
仙风一吹，就菩提盛开

鸡尾山

一块碑，立在纪念广场
娓娓讲述，埋在地心的啜泣
2009，那场噩耗般的山崩
葬送了 74 条鲜活的生命
74 棵翠柏，长成山岗上滴血的灵魂
听见了吗，我的众亲
鸡尾山正唱着悲痛欲绝的安魂曲
去吧去吧，到彼岸去吧
去吧去吧，彼岸是块忘忧的净地

一块碑，立在观景亭上
让我瞭望，精妙绝伦的震撼
我与矗立石壁的六角亭站成合影
我与龙飞凤舞的碑文站成合影
背景，是礁石林的翩翩起舞
还有堰塞湖的垂柳轻飏
和一只鸡尾的斧劈刀削
我听见所有的快门都在点赞
咔嚓，好一幅摄人心魄的旖旎风光

一块碑，立在老百姓的心上
她记得，那一声山崩地裂的巨响
惊动了乌江、长江、嘉陵江
惊动了中南海和党中央
她记得，那架米－26的直升机
满载救援物资和人间真情
给疼痛的土地送饭递水，敷药疗伤
她懂得，如山之恩，当涌泉相报
让废墟长出"庄稼"，在心头抽穗灌浆

大洞河

一把扬叉从天边飞来
落在瘦骨嶙峋的鸡尾山上
摆一个"Y"字镶在悬崖
你的深沟，就长出婆娑的风景

被秋风吹弯的溪水
流出牧童牛背上弯弯的童谣
杏花村挂在半山腰，探头聆听
深涧里淙淙的流水和啾啾的鸟鸣

打一双赤脚趟进黄金谷
幽深的峡谷就响起欢声笑语
高仰的目光，在"一线天"翻山越岭
抓一把秋色，把 12 丘"龙田"涂个金黄

传说中那一对发光的"灯笼"
被一支鸟枪打瞎了眼睛
那条巨蟒的走妖戛然而止
一座自生桥，却封住了 Y 形水道

很好，两条游龙进洞，如饥似渴吞进去
一条暗河出口，莺歌燕舞吐出来
吐出弯弯的盘山路和晃悠悠的甩甩桥
吼一支山歌叮当作响，奔腾向前

乌江画廊　摄影 / 綦波

乌江画廊

江是展线，山是展墙

你这乌江一样长的画廊

你这画一般美丽的乌江

目不暇接，步步惊艳

那万般的青黛嶙峋，精致而悠扬

一组一组的奇山怪石

一幅一幅的古镇廊桥

一湾一湾的碧水险滩

一道一道的纤痕栈道

挂在崖上，看得见青山斑驳

映在水中，听得清峡风呼啸

都落着彭水、酉阳和沿河的边款

都盖着荔枝峡、白芨峡、夹石峡……

以及，土坨子峡的印章

我的心情不知疲倦，目光一直高举
镜头盖一次又一次打开
有攀藤附葛的灵猴一声尖叫
借头顶扑棱棱飞过的翅膀
对接了大山皱褶里传来的歌声
那是龚滩的号子，阿依河的桨声
和鞍子苗寨那群天仙般的姑娘
用"娇阿依"的长声吆吆
给这个亘古的展览，配的合唱

摩围山

只要心诚，你并不趾高气扬
只要诚心，你并非高不可攀
脱了外套，换上旅游鞋
一鼓作气，我就登上了摩围山

在飞云口，我临渊看云
极目昔日的夜郎故地
任脚下云聚云开
悬空于你的月台和日台
呼来云霞朵朵，凉风悠悠
目光拉长我的思绪，在白云生处
阅读"摩围山色正苍苍"的诗句

在豹头崖，我管中窥豹

看见豹头上，榨树举起素缟

豹嘴边，野花点燃火焰

一点不用担心，你也管中窥豹

突发野性，把我当嗟来之食

因为你是石头做的

不但不长牙齿，还用你的嶙峋

开一朵赏心悦目的莲花

在木屋村，我推窗望月

看见风，在丛林拍打树梢

从垭口奔过来，向我点头问候

小鸟的歌唱清亮悦耳

绿树的身影楚楚动人

我凝神聚气，吸入十万个负氧离子

把凉爽的晚风请进来

把甜笑着的月亮请进来

照亮木屋里，我舒心的小曲

阿依河

与你牵手，要面对山
山风一吹，就青枝礼拂
你优哉游哉，我也优哉游哉
那些昨晚的酸，那些今晨的咸
在你的崇山峻岭中烟消云散
放眼满坡的红花绿叶
我站成你山中的树，迎风摇曳

与你并肩，要面对水
乐音一响，就管弦齐鸣
你放声歌唱，我也放声歌唱
那些飞驰的云，那些奔跑的树
每一个节拍都给我加油
驾一艘小艇我们同舟共济
我漂成你河中的水
你漂成我心中的河

与你贴心，要面对浪
心花一开，就激流勇进
你人仰马翻，我也人仰马翻
那些响着的歌，那些鼓着的掌
每一张表情都戛然而止
面对惊悚我哈哈大笑
摔成你怀中的落汤鸡
我的酣畅，痛快淋漓

小南海　由黔江区文化委提供

小南海

站上你的湖堤
就踩痒了你，纤柔的腰身
你用风情万种的姿色
撩开我，迫不及待的欲望

与你的丹霞赤壁站成合影
我想象那场山崩地裂的表演
用鬼斧神工的力量
和刀削斧劈的歌唱
制造了你，风姿绰约的美丽
而冰凉的镜头不懂历史
照不出你压在湖底
化石般的悲壮与哭泣

与你的湖口金礁站成合影
我看见衡山的落日
在林立的礁石上涂满晚霞
照亮了柳岸归港的渔讯
携大湖静谧的黛蓝
挽夕阳下百尺老松的苍翠
似一个署名地震的展览
在深秋的暖风中，如火如荼

与你的湖光山色站成合影
我看见树梢和竹枝
在湖底的图画里向我点头
喜洋洋的码头，有轻舟荡出
漾起渔舟唱晚的傍晚时光
一位鲜花般的美人
正好挥动手中的红纱巾
舞进我，青山绿水的背景

乘一叶小舟驶出港湾

一腔热血就轰鸣了马达

把"小船儿轻轻"的歌曲

哼成湖面，返老还童的爱情

牛背岛突然燃起篝火

诱我们心痒身痒，泊船上岸

吼一嗓心中的木叶情歌

奔赴一场，土家妹子的摆手盛宴

芭拉胡

最美的见证，是一座城市
与一条峡谷，如火如荼的爱情
何时相知相识并不重要
只要一牵手，就你中有我，我中有你
血脉相通，筋骨相连

那条取名芭拉胡的峡谷
是武陵山的雄鹰。大鹏展翅
飞过兵荒马乱的梁州
飞过唱着竹枝词的巴国
飞过一品夫人和她风光旖旎的女兵营
选择土家妹子的吊脚楼按下云头
在鸟语花香中繁衍生息
在虚怀若谷的深涧落地生根

那座名叫黔江的城市

是百里挑一的好女人。她手把栏杆

听了芭拉胡，大板腔的南溪号子

就对他的挺拔与雄伟一见钟情

寻着木叶情歌吹响的方向

从三岔河的绣楼上，梳妆打扮走出来

张灯结彩，拜了天地君亲师

连理同枝，跳一曲心心相印的摆手舞

于是，风赶来，云赶来

举着花的树赶来，唱着歌的鸟赶来

期待的目光和骑着车辙的脚步

都从四面八方，不约而同地赶来

悬着太阳镜，悬着高跟鞋

悬着一身的冷汗和一脸的惊艳

把心灵打开，把尖叫打开

把西普陀寺头顶的佛光

和净瓶观音擎在手中的那枝柳条

统统打开。共同见证

用矢志不渝和山盟海誓

刻在这悬崖上，地老天荒的旷世情缘

武陵仙山

每一次从你脚下经过
我都抬头把你仰望
阅读你默默无语的呼吸
一遍遍让我想入非非

你是盘古派来的使者吧
开天辟地功不可没
赏你看护这肥田厚土
你是巡游天下的神仙吧
端坐云朵的高处
静观世事的炎凉与广阔
你是高在天堂的先圣吧
在手足相扶的讲述中
爱情如山，生命永恒

终于有一天，我如愿以偿

如愿以偿地走进了你

在你巉岩般的肩胛与额头

聆听你的险要与高耸

抚摸你的清风与鸟鸣，才发现

在你断断续续的迎送中

那般仁者爱人的泰然与淡定

不管白天还是黑夜

不管尼姑还是和尚

不管赞扬还是贬损

不管高贵还是渺小

来了，你就欢迎。走了，你就欢送

又来，你又欢迎。又走，你又欢送

武陵山啊，我的武陵仙山

在你的心跳旁边，我手搭凉棚

看见重重叠叠的深邃中

林木深深，花枝礼拂

看见一览众山的视野里

绿水青山，天高云淡

阿蓬江

一条乌篷船，犁出你的涟漪
也犁出我自作聪明的联想
"阿蓬"是你的阿哥吧
他在回水处吼南溪号子
诱你走进他，图谋已久的怀抱

灿烂的你，咧开腼腆的笑
嘻嘻，才不是呢
"阿蓬"是太平的意思
人家阿蓬江，就是太平的江
我说懂了懂了，"阿蓬"是你
跋山涉水的期盼，岁岁年年的啼痕

你是从远方来的
穿过崇山峻岭的狼牙，穿过
细水长流的雨丝和日头
摘下白头帕揣进怀里
插一朵野菊花就唱响了山歌
唱官渡峡的水寨神秘莫测
唱细沙河的细腰细腻如脂
唱濯水河的古街凉风习习
唱神龟峡的神掌夹江斗折

大河在峡谷拐了一个弯

绝壁上，你的旋律就撞出回声

像双龟含情，向我们招手

似一河大水，为我们鼓掌

邻船的姑娘来了兴致

一首情歌传了过来

阿哥咃——

哪有烙铁它烧不红

哪有棉花它弹不绒

我身边的汉子毫不示弱

背起喉咙就递了回去

阿妹咃——

只要小妹你心有意

冷水泡茶我慢慢浓

一船豪情便哈哈大笑

一河嗓门便响起合声

嘿，慢慢浓，慢慢浓

龚滩古镇 摄影／卢进

龚滩古镇

虽然不是原来的龚滩

我还是叫你龚滩

虽然不是原来的古镇

我还是叫你古镇

因为你仍然是唱在半山的歌

仍然是挂在悬崖的鸟鸣

你从母体中剪断脐带

应了一个凤凰涅槃的宿命

你的爱，是祖祖辈辈的延续

拍打着翅膀，衔泥而来

循着一条大江的足迹

在千仞绝壁上安放神祇

一座神龛是你的巢

一河大水是你的魂

你就在那里栖居和繁衍

岁岁年年，生生不息

盖了冉家院子、杜氏民居

开了田氏茶楼、杨家客栈

一条天街云端里行走

两行灯笼雾霭中点亮

时光流过你吊脚楼的屋脊和瓦沟

日头风干你石板路的露水和脚印

随便推开一扇面江的窗户

都是一窗的美景、满河的歌声

在老码头，我数过你的石阶

在响水滩，我见过你纤夫的苦泪

如今，纤道的印痕不在

嘿咗嘿咗的呐喊不在

再次凭栏你临水的窗口

半是亲切、半是陌生

记忆在树梢的风中发愣

你仍是一本翻开的书

我读出一个新生儿响亮的啼哭

她让一个母亲，献出了生命

大酉洞

热情的大酉洞，打一束聚光
引我走进你，千年的梦幻
古歌的琴弦隐隐约约
弹一曲秦风晋雨
飘在心中，响在眼前

果然是芳草鲜美，落英缤纷
虽不见，道人闲倚石栏杆
却有那，洞前流水渺漫漫
果然是豁然开朗，别有洞天
良田美池连阡陌
桃花柳丝扯衣衫
果然是毫厘不爽，屋舍俨然
木叶情歌悠悠长
男女老少摆手欢

我是那不知魏晋的家伙
恍若隔世，浮想连连
我决定去一棵茂盛的桃树下
朗诵一段陶令不知何处去
桃花源里可耕田
期盼有一朵多情的桃花
妖妖娆娆从桃林走来，与我联袂
背一遍《桃花源记》
行一场，想入非非的桃花运

龙潭古镇

梅树河的水，静静地流
流过明清的酉阳州辅
流过民国的小南京
流过从钱龚滩到货龙潭
哗啦啦搅动的桡片
流成商贾云集的大地方
妙趣横生的打油诗：
嗯呀嗯呀向东流
喔嗬喔嗬下扬州

我来到你身边的时候
河里的舟楫已不见踪影
瘦身的涟漪也徐娘半老
却有禹王宫的金碧辉煌
在昨日的粉檐上，依稀可辨
豫章公所的南昌一梦
在三进三院的楼榭里，斑驳如昨
前店后场的繁荣气象
在渐渐淡去的吆喝中，验明正身
尤数那石板街的光可鉴人
在游人如织的脚步里，青幽如玉

我知道那个叫沈岳焕的孩子

吃了龙潭水点的卤水豆腐

写了一本大书叫《边城》

我知道那个叫赵世炎的少年

走了你指给他的那条路

捧出一颗红心叫血沃中华

这是你的光荣啊，龙潭

听见了轰隆隆的雷鸣声吗

那是你的古风从山梁上

前仆后继地吹过来

边城渡口 摄影 / 郑玉明

边城拉拉渡

那一次见你

我是翠翠的哥哥

你袖子一挽，小伙子

翠翠在"三不管"等你

我说好，让两只鞋蹲在柳岸

看我一双赤脚

勇敢地趟过河去

在小树林的鹅卵石上坐了

任十个脚指头在浅水里嬉戏

脚掌凉悠悠，腿杆凉悠悠

我认定屁股下那砣石头

是翠翠当年坐过的

凉悠悠的风是她怯怯的笑

吹得我心情甜丝丝的

这一次见你

我已是翠翠的伯伯

你捋了捋胡须，老哥子

那只远飞的雁仍没回来

我说知道知道，竹排上不见人影

只剩翠翠痴情的风景

都说那是怎样的纯情啊

姑娘的青丝变成了奶奶的白头

我说是的，强扭的瓜不甜

外面的世界很精彩

但只要眺望的目光还在

目光里的方头船还在

该回来的总会回来

哪怕他脱了草鞋穿了皮鞋

拉拉渡是拴着的乡愁

线头子系在河岸的石桩上

风情美食街

你梭成一字
喊我爬上你的脊梁，我就坐在
你肚皮的红板凳上
把痛快倒进胃里
脚下的酒碗，甩得咔嚓作响

其实你就是一根扁担
肌腱里冒出的油
把皮肤油得锃亮锃亮
骨髓里浸出的鲜
把风情鲜得有滋有味

你说 yes，yes，一根黄杨木
把山里的白米挑出去
把外头的 ipad 挑回来
累了，红板凳上歇口气
将苞谷烧滴成鼓眼睛
喝成火烧火燎的风摆柳

加了钢，充了电
抹了汗水还得干
一头挂着园区长出的金银花
一头挂着山里提来的
西兰卡普和土鸡蛋
一副担子千斤重
咯吱咯吱，担出大山外

花灯寨

简历上说，你那灯是跳出来的

乳名就叫跳团团

黄莺展翅，跳成斗门转

观音坐莲，跳成芭蕉扇

阡陌纵横歌千叠

牡丹叶上灯万盏

男的围着女的跳

矮的围着高的跳

丑的围着乖的跳

《一把菜籽》撒出去

山也青，水也秀，红了花灯寨

背起喉咙一声喊

米豆腐端上来

绿豆粉端上来

社日里的菜菜饭，统统端上来

酒在飞，歌在旋

眼花缭乱踩响高台二人转

我把祝福举过头

告别秀色可餐风和月

水长山高等来年

黄水森林公园　由石柱县文化委提供

黄水

毕兹卡绿宫的树是绿色的
大风堡的风是绿色的
月亮湖的水是绿色的
纳闷的是，你却偏偏叫黄水

你的早晨，被鸟鸣唤醒
窗外飘来米贵阳的歌声
云雀的短板，在树梢啁啾
相思鸟的长调，在花间婉转
我踏着露水走进毕兹卡绿宫的怀里
绿莹莹的清新直入胸腔
它听见我心底发出湿漉漉的呻吟

你的正午，风正年轻

一腔鼓满风帆的和煦

邀我登上名叫大风的城堡

这是一座被施了魔法的山峦

风的清冷，呼啦啦地刮

云的雪白，扑腾腾地涌

树的浑厚，雄赳赳地叫

我放开喉咙吼起啰儿调

与你合唱一曲大风起兮云飞扬

你的傍晚，唱声透明

一转身，就有月亮湖闪亮登场

它端一盆清澈的显影液

把山峦和树影泡在湖中

拐弯处，有一叶小舟犁出涟漪

我听见，欢声笑语揉进晚风

真想一直站在你的凉爽里

用黄昏的情调对接黎明

云梯街

一条竖在江中的街
一条挂在天上的街
我攀着你的今生拾级而上
从江心爬上云天
风赶着寓言在云梯上打杵
吹拂你的前世涉江而来

那一年，西沱大旱
连续三月骄阳似火，赤日炎炎
塘堰干涸，田畴龟裂
烤焦了山坡和田野
烤枯了树木和庄稼
婴儿在襁褓中奄奄一息
老人的喘息里直冒青烟
老天爷啊，我的老天爷
谁能呼唤一场大雨
去浇灌那嗷嗷待哺的生命
去滋润那焦渴难耐的禾田

只听长江一声呼啸

一条小花龙挺身站了出来

它瞭望原野，心急如焚

一个鹞子翻叉，倒立于万丈悬崖

头朝下，一口口吞进长江水

尾朝上，一汪汪清泉漫天喷洒

它一个劲儿喝呀，喷呀

从早到晚，不舍昼夜

大地泛绿了，生灵得救了

竹篱茅舍又升起缕缕炊烟

而那可爱的小花龙

却力枯气竭，累死于悬崖

它的脊柱化成了你的山梁

它的肋骨化成了你的级级石阶

万里长江，便有了天下第一街

人们称你"云梯街"

万寿寨

古风猎猎的兵营仍在
草木森森的旗台仍在
你这筑在山顶的古战场哦
早熄了昔日狼烟
只见男女石柱高耸入云
葳蕤丛丛，次第花开

冥冥中，一只会说话的鸟

嘴里叼着明朝的故事

在我的凝视中款款而来

那位貌若天仙的美人

骑一匹桃花马威武雄壮

握一杆长矛银光闪闪

抗倭援辽，勾连枪纵横驰骋

平乱勤王，白杆兵南北征战

用她顶天立地的忠烈

和精忠报国的赤诚

保江山一统，佑一方平安

文武双全的麟阁美人哦

你就是万民心中的千仞石柱

你忠贯长虹，义薄云天

收我做一回白杆兵吧

借你万寿寨的猎猎大风

诵一首皇帝老儿的赞美诗

学就西川八阵图，鸳鸯袖里握兵符

由来巾帼甘心受，何必将军是丈夫

千野草场

山梁上，你放牧石芽

白天洗日光浴，晚上洗月光浴

兴致来了，就洗一场淋浴

赤身裸体站在那里

胴体如芙蓉出水，痛快淋漓

你说它们是上帝的女儿

几万年以前就下凡了

弄丢了衣服被你留下来

扎根千野，成了婀娜的风景

原野里，你放牧牛羊

三三两两，在你刘海边撒欢

成双成对，在你睫毛上啃草

铜铃是它们颈子上的项链

在花丛中摇得叮叮当当

摇累了就躺在你的胸脯上

悠悠闲闲，反刍草原的味道

它们才是生活的智者

在时光的轮回中，让生命颐养天年

蓝天下，你放牧我的诗行

在你亲切的怀抱里

每一个句子都春暖花开

在你可口的清凉中

每一个音节都莺飞草长

我愿紧握这天籁般的音符

唱成你眉宇间，生机勃勃的石芽

唱成你辽阔中，自由自在的牛羊